Georgette

DEA LIANE

Georgette

ÉDITIONS DE L'OLIVIER

ISBN 978.2.8236.2027.6

« Mais que faisiez-vous le 5 avril 1868 ou le 2 novembre 1875 ? »
Son regard deviendrait vague et elle dirait qu'elle ne peut se souvenir de rien. Car tous les dîners sont préparés ; les assiettes et tasses lavées ; les enfants envoyés à l'école et partis à travers le monde. Rien ne reste de tout cela. Tout a disparu, tout est effacé. Ni la biographie ni l'Histoire n'ont un mot à dire de ces choses. Et les romans, sans le vouloir, mentent inévitablement.
Toutes ces vies infiniment obscures, il reste à les enregistrer.

Virginia Woolf, *Un lieu à soi*

Quand nous disions Georgette c'était comme dire maman. Georgette n'est pas un prénom, c'est un qualificatif nouveau et inédit, le nom d'une relation indicible. C'est impossible de répondre à la question : qui est Georgette pour vous ? Georgette c'est Georgette, tout simplement.

Georgette était notre *bonne*, mais le mot était imprononçable.

Un jour – j'ai treize ans – ma mère m'annonce avec délicatesse que Georgette va se marier, qu'elle va bientôt nous quitter. Que maintenant nous sommes grands, qu'à son tour elle va fonder sa propre famille. Quelque chose se révolte en moi à cette idée. Il me semble – c'est terrible à avouer – que Georgette ne peut pas se marier, ni avoir d'enfants. L'idée est aberrante. La phrase – « Georgette va se marier » – est aberrante. L'image n'est pas crédible. Impossible de me représenter Georgette, notre Georgette, avec un homme, couchant avec un homme, enceinte, mère de *sa* famille. Tout cela je le ressens mais je ne dis rien, bien sûr que Georgette doit vivre sa vie, je veux y croire, mais déjà il me semble entrevoir un mensonge.

Avant ce moment-là je n'avais jamais envisagé que Georgette puisse partir. Elle était là quand je suis née, elle avait toujours été là. La perspective de nous retrouver à quatre m'angoissait. Nous avions toujours été quatre plus *une*, et en réalité nous avions été quatre plus *un*. Quatre – ma mère, Georgette, mon frère et moi – *plus* mon père. Il y avait des couples : mon frère et moi, ma mère et mon frère, ma mère et moi, ma mère et Georgette, Georgette et mon frère, Georgette et moi. Je crois pouvoir dire que *Georgette et moi* était l'un des duos privilégiés ; j'étais sa préférée, sa partenaire de chambrée. J'étais celle qu'elle avait vue naître. J'étais la deuxième-née et j'étais la fille ; deux critères qui me condamnaient à demeurer dans l'ombre de mon frère. Georgette aussi était du côté de l'ombre. Elle se battrait pour moi.

Le jour où il a fallu se dire adieu. Nous sommes dans notre appartement de Bsalim au Liban, où nous passons tous nos étés. C'est l'été 2003. Celui entre ma cinquième et ma quatrième. Je regarde fixement par la vitre du salon, qui donne sur la baie de Beyrouth. J'ai le trac, j'essaie de trouver une contenance dans cette contemplation prolongée de la mer. Il fait très beau et très chaud. Je crois que mon père attend de conduire Georgette quelque part en voiture. Je ne sais plus si je lui dis au revoir dans l'appartement ou si je les accompagne.

L'image qui me reste : une bande bleu foncé surmontée d'une bande bleu clair et le vacillement du paysage sous la chaleur. La sensation de quelque chose dans mon dos à quoi je ne veux pas faire face. La gêne immense devant l'impossible : dire adieu à sa mère. Le sentiment que la situation ne me permet pas d'exprimer ma douleur, mon incompréhension. Être brutalement ramenée à cette réalité après treize années de vie commune et d'intimité partagée : cette personne ne fait pas partie de notre famille, c'est une domestique, nous l'avons payée pour ça.

Je suis mortifiée. Comment dire mon amour à Georgette, comment parler d'amour alors que nous n'avions jamais dit les mots ? L'amour était dans le soin quotidien, c'était sa seule façon de s'exprimer dans un cadre qui n'autorisait pas les mots d'amour. Ma mère pouvait nous prendre dans ses bras et nous dire *je t'aime*, nous lui faisions des cadeaux aussi laids qu'attendrissants pour la fête des Mères ; Georgette m'aidait à faire ces cadeaux, elle tressait mes cheveux pour l'occasion, elle me portait à bout de bras pour la photo, et le soir elle me lavait.

Au moment de se dire adieu, donc, aucun souvenir précis, juste la certitude que Georgette devait rire tout en parlant, comme à son habitude, de son rire rauque et lumineux. Je crois qu'elle a pleuré aussi. Et moi naïvement j'ai dû penser quelque chose comme : « Pourquoi pleure-t-elle alors qu'elle va se marier ? »

Je ne me suis pas autorisée à pleurer. Elle seule était sincère à ce moment-là, et j'en pleure aujourd'hui chaque fois que j'y pense. Je pleure à la pensée de ma lâcheté, de ma honte. Je pleure d'être passée à côté de la vérité de ce moment, d'avoir accepté sans broncher les termes de ce départ, d'y avoir souscrit. De ne pas avoir été à la hauteur.

Georgette ne s'en était pas tenue à son rôle de *bonne*. Nous étions ses enfants, et comme toute mère elle n'avait pas tempéré son amour pour nous. Sa situation était née d'une nécessité économique, d'un déséquilibre social. Mais une fois à l'intérieur Georgette n'a pas posé les limites de sa condition, elle s'est laissé prendre, elle a pris le risque. Elle n'a pas été prudente. Elle était notre mère aussi – elle était notre père aussi. Nous avions tout simplement deux mères – ou deux pères. Les apparences étaient respectées mais tout le reste dénonçait cette vérité, tous les gestes, tous les regards, tous les cris, tous les jeux.

Alors voilà. Un jour, ils disent : stop, retour à la réalité, dites-vous adieu, Georgette a mieux à faire ailleurs, son travail est terminé, merci Georgette et belle vie.

Il n'avait jamais été question d'un *travail* entre nous. Entre eux – entre adultes – peut-être. Mais nous ?

Les larmes de Georgette ne sont pas passagères. Georgette a vécu sa maternité, a aimé ses enfants. *Elle a sa place parmi nous.* Elle pleure parce qu'elle en est subitement arrachée, parce que ce qui était un emploi est devenu toute sa vie, parce qu'elle sait qu'il n'y aura pas de *vraie famille*, ni de *vrais enfants*, ni de *vraie vie.* L'accepter serait discréditer toutes les années passées auprès de nous, comme si cela n'avait pas été la vraie vie pour elle. Peut-être sait-elle déjà que rien de plus véritable ne l'attend ailleurs. Non, il n'y aurait rien de cela, sinon d'autres familles dans lesquelles elle n'aurait plus la force d'apporter tant d'amour ; il y aurait ce rapport cru de domesticité, la sensation permanente de gagner son pain sans broncher.

Le bain
Intérieur jour / Damas
03/04/1991

Le bain est une fête.

Nu, assis dans l'eau, le bébé rit aux éclats, tape des mains. À gauche du cadre, Georgette rit aussi. Pendant quelques minutes le bébé sera tout entier entre ses mains. Le bébé, la toute petite fille, est à l'aise avec elle, ne pleure pas avec elle, elle s'amuse, elle s'abandonne. Avec les autres, elle reste coite, l'air absent, elle est désorientée. Avec Georgette, non, l'enfant est libre, spontanée. Avec la mère aussi. Elle et la mère sont sa garde rapprochée. Elle et la mère.

Les grandes mains brunes de Georgette soulèvent l'enfant hors de l'eau. L'enfant se laisse faire, les yeux écarquillés, joyeux, l'air un peu abasourdie. Le geste est vif, presque brusque. Elle n'a pas peur du bébé, cela fait plus d'un an qu'elle soupèse ce petit corps. Depuis qu'il est né, depuis le jour où la mère est rentrée de la maternité. Elle retourne le bébé contre son bras, attrape un broc rempli d'eau claire et le renverse au-dessus de sa tête. Le visage du bébé est ébahi par le torrent qui s'abat sur lui, il faut agir vite, il ne faut pas le laisser s'impatienter et prendre froid. Lestement, deux ou trois grandes rasades d'eau. C'est vite terminé, en un mouvement le corps minuscule est enroulé dans une serviette.

Le visage de l'enfant réapparaît emmitouflé, tout contre son visage à elle. Elle fait durer cet instant, cette soudaine proximité, elle tapote tendrement le corps du bébé avec l'extrémité de la serviette.

La mère la rappelle à l'ordre, lui indique d'allonger d'abord l'enfant sur la table à langer, de ne la sécher qu'ensuite. La mère l'appelle affectueusement *Joujou*. Elle la guide, lui indique les étapes, les mains de Joujou sont ses mains, ses gestes tendres sont les siens. Joujou suit les indications sans aucune résistance. Une fois le bébé allongé, elle le chatouille en riant. La mère zoome sur le bébé hilare et luisant, satisfaite d'arriver à capter les images de ce rire partagé.

Le bain est une fête, toutes les trois aiment ce moment. Elle, la mère, et l'enfant.

Je ne sais pas.

Je ne sais pas qui elle était vraiment.

Je ne sais pas ce qu'elle pensait de nous. Ce qu'elle pensait de mon père, de ma mère, de mon frère. Ce qu'elle pensait de moi.

J'ai grandi dans la certitude de son amour pour moi, de son amour pour nous, mais je n'en suis pas *absolument* sûre. Personne ne pourrait dire à quoi pensait Georgette.

Je ne sais pas ce qu'elle pensait de sa situation. Si elle se posait la question du choix. Si elle avait des regrets.

Je sais ce qu'elle était pour moi. Je ne sais rien d'autre d'elle.

Je la cherche dans les souvenirs, si peu nombreux au regard des treize années passées côte à côte. Passées dans ses bras. Ma mémoire de cette vie avec elle est si maigre, je suis parfois effrayée de la quantité d'heures vécues ensemble et tombées dans l'oubli. Je sens que le temps presse, c'est maintenant ou jamais, et je suis soulagée quand je vois ces morceaux de mémoire inscrits sur le papier. On pourrait croire que j'écris à propos d'une personne morte. Le plus fou dans cela, le plus insupportable : savoir qu'elle est là quelque part, qu'elle respire pendant que j'écris, mais qu'elle n'existe plus dans nos vies. Comment on *disparaît* d'une vie. Quelle valeur donner à cette relation. Comment contredire ce que disent ces années de silence et d'absence : *elle était une domestique et tu étais une enfant de la bourgeoisie.*

Je porte en moi cette foi comme un diamant : il y avait autre chose. Nous nous aimions.

Et alors, me dit la petite voix cruelle. Et alors ? *Ça revient au même.*

Depuis quand l'amour est-il une justification ? Un joker ? Un alibi ?

Et cette vérité comme une pierre dans la poitrine : il aurait mieux valu que rien de tout cela n'ait lieu. Il aurait mieux valu que Georgette n'entre pas dans nos vies, que Georgina K. ne devienne jamais Georgette, ne devienne jamais ce prénom lancé à tout-va dans une grande maison. Il vaudrait mieux qu'il n'y ait aucune Georgette, nulle part. Il faudrait abolir la domesticité traditionnelle. Nommer les rapports de domination, le mépris de classe, le racisme ordinaire. Oser parler d'esclavage. Il faudrait détruire l'ambivalence. Je dois être impitoyable envers cette histoire, impitoyable envers moi-même.

Je n'y arrive pas.

Ou plutôt, ma manière d'y arriver : faire quelque chose de tout cela. « *Enregistrer sa vie infiniment obscure.* » Faire confiance à ma mémoire. Transmettre sa réalité, en chercher les traces, imaginer le reste. Être le passeur, la conteuse.

Tenter cela : la faire exister plus que jamais, tout en espérant que de telles situations n'existent plus jamais. Tout prendre ensemble car c'est là qu'elle apparaît entière : la personne, le personnage, la figure.

Je la cherche dans les archives, dans les photographies, dans les films. Je cherche son regard, ses expressions. Je la cherche quand elle oublie qu'elle est filmée, quand aucune indication ne lui est donnée, quand elle s'abandonne. Je la cherche quand elle obéit. Je guette les moments d'impatience, les moments de joie feinte, les moments de joie spontanée.

Je fais le point sur elle, elle qui est toujours dans les marges du cadre, cachée derrière nos corps, planquée derrière son rire rauque et offert. Je cherche le geste qui lui échappe. Je la traque. Je plisse les yeux et j'essaie de distinguer dans l'image pixellisée les contours de son univers ; d'entendre dans les paroles grésillantes les limites de sa condition.

Toutes les vies contenues dans sa vie à elle.

En bout de table

Une photographie retrouvée dans un album : la famille attablée en terrasse, les sœurs de mon père, leurs maris, mes cousins. Une réunion familiale en Syrie, en 1990, avant notre départ pour la France.

La journée est belle, lumineuse. Tous les membres de la famille sont élégamment habillés. On imagine une conversation animée, cacophonique. Sourires sur les visages, brushings bouffants, larges lunettes de soleil. Ongles vernis rouge vif, impeccables. Les hommes virilement adossés aux chaises.

Georgette est en bout de table. Assise avec les membres de la famille, elle est élégante elle aussi. Ses cheveux sont détachés. Une pointe de rouge sur ses lèvres prises de profil. Elle porte un tailleur un peu raide.

Elle est en bout de table parce que c'est là qu'est posé le couffin. Elle a pris le bébé sur ses genoux. Son regard est penché vers l'enfant, elle la surveille, un sourire aux lèvres. Elle suit distraitement les conversations, avale une bouchée de temps en temps. Parfois un membre de la famille la taquine, elle rit aux éclats, flattée. Mais elle ne prend pas vraiment part au repas, elle n'est pas vraiment avec la famille, elle est ailleurs, elle est avec la toute petite fille. Elle est tout le temps – ou presque – avec elle. Quand le bébé n'est pas au centre de l'attention, quand il ne voyage pas de bras en bras, quand personne n'essaie de le faire réagir, quand personne ne l'embrasse bruyamment, Georgette est là. Elle demeure. Pendant que les membres de la famille s'apostrophent gaiement, commentent le goût du houmous, se racontent les derniers ragots, elle est assise avec l'enfant, calme, concentrée, souriante. Elle lit les signes de l'enfant, elle les connaît par cœur. Elle aime ces instants. La mère se détend, elle se laisse aller à la gaieté du repas. La mère oublie un peu, elle a le droit d'oublier pendant quelques minutes.

Georgette ne se sent pas seule. Elle est seule avec l'enfant, elles sont bien toutes les deux, elles rêvent l'une à côté de l'autre, les éclats de voix et le tintement des couverts sont lointains et agréables. Elles sont une île.

De temps en temps, Georgette se penche pour redresser la couverture, remettre en place la tétine. Si l'enfant s'impatiente elle la prend dans ses bras, elle va marcher avec elle. Elle peut s'éloigner avec le bébé, elle va loin, la famille a confiance en elle, elle lui parle doucement, lui montre les choses du doigt. Elle l'appelle *mami*. C'est ainsi qu'elle l'appelle le plus souvent, comme la mère. Les mères appellent leur enfant *mami*. Le père appelle le bébé *papi*.

Elle et la mère l'appellent *mami*. À l'époque de cette photographie, elle et la mère se fondent dans la tendresse de cette appellation. Le bébé répond à ce mot indifféremment, réagit aux deux voix maternelles. Déjà d'autres syllabes se forment dans sa bouche, et bientôt l'enfant appellera à son tour, pour la première fois : *maman*. Et presque en même temps : *maman Jojette*.

Super-Georgette

Tous les matins, Georgette m'asseyait sur une petite chaise en osier vert sombre – petite chaise assortie à tous les meubles de ma chambre d'enfant, en osier vert sombre. J'y prenais place après avoir été habillée, je m'asseyais ainsi tous les matins face à la porte-fenêtre de ma chambre qui donnait sur une terrasse. Je prenais place face à la lumière du matin, et Georgette me demandait quelle coiffure je voulais pour la journée. (Peut-être qu'elle choisissait parfois pour moi, peut-être que parfois ma mère passait la tête dans l'entrebâillement de la porte pour lui demander une coiffure spécifique, s'il était question ce jour-là d'un événement particulier.) Et puis c'était soit la tresse « à la française » – depuis le haut de la tête jusqu'à la nuque –, soit la queue-de-cheval haute, soit une demi-queue retenue par une barrette, soit encore – coiffure que je n'aimais pas – les cheveux relevés et tirés sur le dessus du crâne, comme un couloir étroit et aplati qui tire sur la peau du front et lui donne un aspect idiot. Georgette tirait toujours soigneusement mes cheveux – les coiffures étaient impeccablement tirées, et il était rare que des mèches en sortent. Ce n'est qu'en fin de journée que les mèches folles parvenaient à s'extraire de la coiffure, après de longues heures de courses ou de marelles. Georgette brossait mes cheveux énergiquement, puis ses mains musclées s'enroulaient avec fermeté dans les mèches.

Les mains de Georgette. Des mains d'homme et de femme à la fois. Larges, striées de veines, sombres, aux ongles coupés ras, musclées. Tout ce que les mains de Georgette manipulent du matin au soir : vaisselle, casseroles, éponges, légumes, bocaux, cheveux, élastiques, barrettes, jouets, gants de toilette, aspirateur, serpillière, pelle, râteau, terre, seau, raclette, cigarettes.

La raclette : son instrument roi. Georgette lavait le sol de la terrasse à grande eau et le raclait à la perfection. Plus tard j'ai essayé d'imiter son mouvement, la grâce et la puissance, la régularité de métronome avec laquelle l'instrument déplace parfaitement les torrents d'eau, la magie de cette eau brunie qui emporte avec elle la saleté, de cette raclette qui laisse derrière elle la pierre heureuse et chatoyante au soleil, frémissante sous un voile d'humidité. Georgette raclait le sol de manière communicative ; je crois que parmi toutes les tâches que ses mains accomplissaient, celle-là lui apportait une grande satisfaction.

La manière dont les mains de Georgette essorent la serpillière. Le geste sûr et précis, l'efficacité de la prise, l'impression de facilité, la rapidité, et toute cette eau qui en ressort, qui coule et ruisselle jusqu'à la dernière goutte. (Des centaines de fois j'ai tenté de retrouver cette prise, positionnant mes mains d'une manière, puis d'une autre, à l'envers puis à l'endroit, je serre et j'essore et mes bras s'emmêlent, la serpillière reste impitoyablement gorgée d'eau.) Puis Georgette se plie en deux, fléchit les genoux, ses bras se tendent et la serpillière glisse contre le carrelage dans un large mouvement de balancier, de gauche à droite, de droite à gauche, et ainsi de suite, à reculons ; le sol brille sur son passage, le rythme est constant, la respiration régulière, Georgette ne s'arrête que lorsqu'un obstacle l'empêche de continuer. Je tente de reproduire ce mouvement, puis après quelques allées et venues je me relève, rouge, à bout de souffle, courbaturée. J'ai fini par accepter d'utiliser un balai-serpillière, plus à la mesure de mes forces. À la fin, j'essore vigoureusement l'extrémité du balai contre le petit puits grillagé. L'eau sale coule à grand bruit dans le seau. Jusqu'à la dernière goutte. C'est mon moment préféré.

Les mains de Georgette comme le reste de son corps. La peau des bras sombres tendue sur les muscles, les épaules masculines, le cou puissant. La minceur du corps et la force qui s'en dégage. Est-ce que Georgette avait des seins ? Une poitrine plutôt menue, maintenue fermement et aplatie par les sous-vêtements. Le bassin étroit d'un homme, les jambes fuselées et légèrement arquées. La silhouette de Georgette dessinée par les années de travail, de travail penché, courbé, fléchi, par les charges portées, les enfants soulevés, les sols lessivés, les instruments nettoyés, essorés, séchés.

Georgette est notre superhéroïne, à mon frère et moi. Nous sommes fiers d'évoquer sa force invincible auprès de nos amis, nous nous sentons protégés, nous savons que Georgette pourrait mettre une raclée à n'importe qui. Si l'occasion s'était présentée nous n'aurions pas dit : « Mon père va te casser la gueule », mais : « Georgette va te casser la gueule ! » Mon frère lui demande souvent de nous montrer ses muscles ; elle plie le bras et bande alors le biceps. Nous regardons la peau se tendre et les veines saillir à la surface du muscle bombé. Mon frère est fasciné, il désire ardemment grandir pour avoir des bras pareils. Avec de pareils bras tout est possible. Nous sommes en sécurité.

Nous la regardons grimper avec agilité sur le noisetier à côté de la maison, elle s'agrippe aux branches et les secoue, alors nous avançons joyeusement les mains sous la pluie de noisettes.

Avec ses pantalons fuseaux et ses larges chemises, Georgette a tout d'une superhéroïne. Elle peut envoyer ses claquettes à la figure de n'importe qui. Elle protège la maison, elle nous protège, ma mère, mon frère et moi. Mon père, lui, rentre de voyage d'affaires une fois de temps en temps et s'allonge sur le canapé. Il a mal au dos. Son imposante moustache dissuaderait quiconque de nous faire du mal, mais voilà, il n'a pas les tablettes de chocolat de Super-Georgette.

Mon frère raconte souvent les aventures de Georgette. Il raconte qu'elle s'est tant fait piquer par des scorpions dans son enfance qu'elle est immunisée contre leur poison. Il y a plusieurs variantes de *Georgette et le scorpion.*

Un jour, nous étions, ma mère, mon frère et moi, sur le balcon de notre appartement à Saydnaya, en Syrie. Ma mère tenait mon frère sur ses genoux, et lui lisait une histoire – il avait trois ans. Un énorme scorpion est passé à côté de nous sur le rebord, sous mon regard placide de bébé introverti. Ma mère, paralysée par la peur, a hurlé : « Georgette ! » Elle est apparue en une fraction de seconde, a attrapé son sabot et écrasé le scorpion devant nos yeux éberlués.

Une nuit, mon frère était dans son lit à Saydnaya, et un scorpion rampait sur sa couverture. Craignant d'attirer à lui l'insecte et son dard assassin, il a chuchoté, tremblant, un inaudible « Georgette ». Comme par magie, elle apparaît, attrape le scorpion et l'écrase sur le sol.

Il y a, dans la même veine, *Georgette et le serpent* dans la cage d'escalier de Saydnaya – la région était peuplée d'une faune assez dangereuse pour de jeunes enfants.

Plus tard, en France, *Georgette à l'école*. Un jour, en primaire, mon frère se faisait malmener par un de ses camarades dans la cour de récréation. À la sortie de l'école il l'a raconté à Georgette qui était venue le chercher. Aussitôt, fulminante, elle lui demande de lui montrer le garçon en question. Elle fonce, l'agrippe et le secoue en criant avec son accent approximatif : « PAS EMBÊTER ANTOINE ! »

Avec mon frère et Georgette nous avons un jeu : chacun d'entre nous s'enroule et s'accroche autour de ses chevilles, et Georgette marche. Elle nous soulève à tour de rôle par la force de ses jambes. Elle marche en riant, et nous rions aussi, admiratifs, nous essayons de peser plus lourd sur ses jambes mais rien n'y fait, elle continue d'avancer. Elle frime, elle croise les bras sur son torse bombé.

Georgette est notre superhéroïne. Mais elle est *mon* ange gardien. Chaque fois que nous nous battons et que mon frère prend le dessus, me coince face contre terre, je pleure, je hurle le nom magique, et elle accourt. Mon frère ne peut rien contre elle, elle rétablit en ma faveur le rapport de force. Elle est toujours de mon côté. Quand c'est mon père qui accourt pour nous séparer, dérangé par le bruit que nous faisons, il me regarde d'un air suspicieux et dit : « Arrête de faire semblant. »

Le jour de Pâques, lorsque nous cherchons les œufs en chocolat dans le jardin, Georgette reste avec moi. Mon frère trouve toujours les œufs avant moi, il a toujours un temps d'avance, il est plus grand, plus malin, il a percé la logique des cachettes. Dès qu'il se penche pour en attraper un, j'accours maladroitement, je me penche à sa suite, je le vois brandir au-dessus de ma tête l'œuf tant désiré ; je le regarde les bras ballants, découragée et admirative, je voudrais tant faire pareil mais je ne comprends pas, ça me dépasse. Quand il part d'un côté du jardin, vers tel buisson, il faudrait que je parte ailleurs, que je prenne le risque de mon aventure, que je défriche un autre chemin, vers un autre buisson ; mais rien n'y fait, je suis irrémédiablement attirée par son mouvement, par son écrasante confiance, par son enthousiasme d'aîné. Ma propre trajectoire, suspendue au-dessus du vide, me fait peur. Tout paraît si incertain quand j'avance en tête ; je me mets à douter de mon initiative, je sens que je perds pied, je titube. Ma mère, de loin, distribue les « chaud », les « froid » et les « tiède ». Tout en se donnant un air d'impartialité, elle glisse parfois à mon intention des indices ; ma mère a été fille aux côtés d'un frère dominant, ma mère veut que je gagne. Mais je ne comprends pas ses indications. Je suis comme assourdie par la crainte de perdre, par la conviction profonde d'être moins armée. Dès que mon frère récolte un « chaud » je panique, je m'agite en tous sens, pourquoi rester du côté du froid alors que je pourrais le rejoindre, rejoindre sa chaleur, sa certitude innée ; le « chaud » devient un « très chaud » puis un « très très très chaud » et là c'est fini je rends les armes, je cours de toute la force de mes jambes, je m'approche de lui tandis qu'il révèle à la famille son trésor, je grimace un sourire jaloux.

C'est alors que Georgette fait son entrée : « Viens, suis-moi. » Elle courbe un peu le dos et se met en quête à mes côtés. Nous partons ensemble loin de mon frère, loin de ses incessantes victoires, de ses lassants exploits. Elle plonge les mains dans les thuyas, je plonge les miennes à mon tour. Elle se met à quatre pattes et tâtonne, je m'accroupis aussitôt et tâtonne fébrilement derrière elle. Sa combativité est contagieuse, l'énergie me revient, j'ai confiance en nos gestes, je sens que tout ça mène quelque part. Nous ne savons pas mais nous cherchons, et nous trouverons, nous finirons par trouver. Au moment ultime, elle écarte subtilement de sa main la branche qui cache l'œuf coloré ; je ne vois pas son geste, je ne vois que l'œuf qui apparaît, irréel, magique, inespéré, au milieu de la sombre verdure. Je tends la main, je l'attrape, je referme les doigts dessus. Nous nous relevons ensemble, je n'ose rien dire, rougissante de plaisir. Georgette crie à la cantonade : « Dea a trouvé !!! », vite relayée par ma mère : « Bravo Dea !!! » À cet instant elle fait un pas de côté, comme si elle n'y était pour rien ; elle rit et applaudit, me laissant seule gagnante, hagarde, fière, l'œuf au creux de ma paume.

La France
Extérieur jour / Paris
26/08/1991

Plan large des Champs-Élysées : la petite Golf bleu marine de la mère est garée en plein milieu de l'avenue.

La Golf occupe le milieu du cadre. À l'arrière-plan, l'Arc de triomphe. On voit l'avenue grimper vers l'Arc, les voitures passent à droite et à gauche de la Golf dans un bruit tressautant de pneus contre les pavés. La chaleur semble étouffante. L'Arc de triomphe est un mirage au loin.

La mère filme sa Golf arrêtée dans le flux des Champs-Élysées en plein mois d'août comme un caillou retenu dans le flot d'une rivière. L'image tremble dans les sons de la ville étouffés par la chaleur, le bruit des pavés et des moteurs. La mère est à quelques mètres de la voiture. Elle a laissé ouverte la vitre du toit de sa Golf pour les besoins de la mise en scène. Le fils émerge par l'ouverture et sourit hardiment à ce nouvel environnement. La mère crie de loin à Georgette de faire émerger la toute petite fille aussi par la vitre ouverte. Georgette hisse l'enfant à travers le toit de la voiture, la voilà qui apparaît à son tour, elle hume l'air de l'avenue brûlante sous le soleil. Elle se laisse gagner par la gaieté de son frère, son visage esquisse un sourire stupéfait.

Georgette est dans l'ombre de la voiture, habile marionnettiste, maniant le petit corps à bout de bras. Après quelques secondes la toute petite fille s'enhardit à poser les mains sur le toit de la Golf. La stupéfaction ravie de son visage chancelle ; le sourire devient une grimace, ses mains se rétractent en boules douloureuses. Le métal brûlant la fait pleurer bruyamment.

Dans la voiture Georgette éclate de rire. La toute petite fille disparaît, escamotée dans les dessous de la scène.

À la dérobée

Georgette fume des Viceroy. Elle en a toujours une cartouche à disposition, que mon père lui achète dans la zone duty free des aéroports qu'il traverse. Régulièrement dans la journée, elle sort de la maison et allume une cigarette. Elle fume seule et rapidement, fumer pour elle n'est pas une attitude, elle ne fume pas pour se donner une contenance. Dans ces instants-là elle est plus sérieuse, elle ne s'acquitte d'aucune tâche, elle ne rit pas avec nous, elle est seule et elle pense.

À quoi peut-elle bien penser en fumant sa cigarette ? Peut-être à rien de particulier. Peut-être qu'elle apprécie un rayon de soleil, ou jette un regard inquiet aux plantes. Peut-être qu'elle réfléchit à ce qu'elle doit faire avant la tombée de la nuit, à ce qu'elle a déjà fait depuis tôt le matin. Peut-être qu'elle observe le monde autour d'elle, les haies des jardins de banlieue, les maris claquant la portière de leur voiture ; elle écoute peut-être les éclats de voix dans cette langue qu'elle comprend à peine – le français – et les bruits des tondeuses à gazon. Elle se demande peut-être pourquoi aucune des familles autour de nous n'a quelqu'un comme elle, une bonne, une gouvernante, une nounou à plein temps.

Georgette regarde tous les jours un feuilleton à la télé, une fois le repas terminé, après avoir bien nettoyé et rangé la cuisine. Quand nous vivions en France elle regardait *Les Feux de l'amour* sans vraiment comprendre les dialogues. Au Liban, des feuilletons mexicains doublés en arabe littéraire. Debout dans la cuisine, télécommande à la main, toujours prête à éteindre si elle entend son nom résonner dans la maison. Parfois du coin de l'œil tout en maniant un cure-dents derrière sa main, ou alors en mâchant et recrachant des graines de courge grillées. Elle reste debout appuyée contre le plan de travail, les jambes croisées. La cuisine est son lieu, son domaine réservé.

Quand nous sommes petits, Georgette est à table avec nous, elle nous fait manger, porte l'eau à nos lèvres, essuie les débordements de nourriture. Quand nous devenons autonomes, elle mange toujours après nous. En dehors des périodes exceptionnelles, quand nous voyageons ou quand nous sortons au restaurant avec elle, nous mangeons tous les quatre pendant qu'elle se repose dans sa chambre ou termine de nettoyer la cuisine, puis elle prend seule l'assiette qu'elle s'est réservée. Quand nous avons des invités nous dînons dans la salle à manger et elle assure le service. Elle mange seule dans la cuisine une fois son travail terminé.

Chaque fois que nous allons au McDonald's, Georgette « fait le plein ». Elle pioche de ses grandes mains dans les distributeurs en libre service. Elle charge nos plateaux de dizaines de sachets de sauces ketchup et pommes frites, de hautes colonnes de serviettes en papier, de larges tas de pailles. Pendant que nous mangeons nos Filet-O-Fish, elle ouvre son sac de cuir noir sur ses genoux et y fait discrètement glisser son imposante récolte avec la tranche de sa main. Les montagnes de réserves disparaissent comme par magie dans la bouche obscure et béante. Une fois à la maison elle remplit la porte du réfrigérateur à pleines poignées, range les pailles dans un tiroir. Les serviettes restent enroulées au fond de son sac à main ; dès que nous avons la goutte au nez en pleine rue elle en sort un carré, le déplie d'un geste sec et nous mouche en plein cœur du « M » imprimé en relief.

Georgette possède un jeu de cartes. Souvent elle s'assoit sur le sol de sa chambre, une jambe repliée et l'autre étendue, et elle étale les cartes devant elle pour jouer au solitaire. Ses cartes sont un peu élimées sur les bords. Elle les manie avec l'habileté d'un croupier. Elle les plaque au sol dans un claquement sonore et régulier. Elle se concentre sur le jeu, un léger sourire aux lèvres. Elle se livre à ce passe-temps entièrement, ce jeu lui permet de passer le temps et elle en a pleinement conscience, elle n'en éprouve pas d'état d'âme, aucune culpabilité. Elle est reconnaissante envers ce temps vide qui lui est accordé, envers ce jeu qui lui permet de le laisser couler. Dans ses gestes rien ne semble vouloir accélérer le temps ou le ralentir, ses gestes paraissent épouser le rythme que le temps impose, ses gestes donnent le tempo du silence de la pièce. Les cartes sont retournées et plaquées au sol selon ce tempo, et le claquement des cartes répond harmonieusement à l'aboiement d'un chien au loin, au pépiement d'un oiseau, au sifflement d'une bouilloire.

Presque tous les jours, quand elle a un moment libre, elle prend sa position favorite sur la moquette de la chambre et scrute ses jambes à la recherche de poils indésirables. Elle presse sa peau avec ses doigts, elle fait glisser ses doigts le long de ses mollets, elle se courbe et colle presque son visage contre sa peau. Dès qu'elle trouve un poil elle l'arrache à la pince, satisfaite. Elle opère longtemps de cette manière, dans les positions les plus incongrues. Ainsi elle est toujours parfaitement épilée.

Une fois par mois elle fait chauffer la cire orientale, elle épile d'abord ma mère, puis elle s'épile. À onze ans j'ai eu mes règles, et mon duvet blond d'enfant s'est transformé en poils bruns et drus ; je n'ai plus osé me montrer nue devant Georgette. J'ai commencé à prendre mes douches seule, mais j'ai eu droit à ma première séance d'épilation avec elle. Elle pétrissait habilement le caramel translucide et parfumé entre ses larges mains, attendant que je sois prête. Elle s'accroupissait alors, étalait d'un geste sûr la cire à la naissance du tibia ; elle l'étalait vers le bas puis tirait impitoyablement vers le haut à l'aide de ses doigts collés au caramel. La cire s'étirait en un long filament. Dans un même mouvement rapide et circulaire elle étalait à nouveau la cire un peu plus haut, étirait vers le bas, arrachait, étalait, étirait, arrachait et ainsi de suite jusqu'au genou. Au fur et à mesure les poils se retrouvaient emprisonnés dans la matière, ils s'engluaient et disparaissaient à l'intérieur. Je hurlais. Elle riait, elle ne prenait pas cette douleur au sérieux, mais quand je la suppliais elle arrêtait. Ma mère à côté assistait à la séance, me grondait gentiment, soupirait qu'on n'y arriverait jamais comme ça. Je pleurais, et ma mère demandait à Georgette de lui *faire la jambe* pour l'exemple, pour me montrer que ce n'était rien, que ça ne faisait pas vraiment mal, que je m'y habituerais. Mon regard allait de l'une à l'autre, désemparé. J'avais l'impression qu'elles partageaient un secret, un savoir inaccessible. Elles avaient presque l'air d'y prendre plaisir.

Les objets personnels de Georgette sont rangés avec précaution dans un coin de son placard. Son jeu de cartes, ses cigarettes, son maquillage, son or, l'image de la Vierge. Elle garde aussi précieusement un calepin élimé sur lequel elle a noté les numéros de téléphone de ses proches. Les chiffres elle sait les lire, elle les reconnaît sur son calepin, prend le téléphone fixe et appuie fort de l'index sur chacune des touches. Toutes les semaines elle parle longuement à sa mère, à ses frères et sœurs restés dans son village.

Le dimanche Georgette se transforme. Pour aller à l'église elle troque ses pantalons fuseaux et ses chemises d'homme contre des tenues féminines un peu démodées, des ensembles que ma mère lui a donnés, des sortes de tailleurs à épaulettes. Elle enfile fièrement ces vêtements comme un costume de théâtre, les couleurs pastel jurent avec le bronze de sa peau, elle coiffe ses cheveux noirs et crépus en une élégante demi-queue, elle passe le tube de rouge sur ses lèvres brunes. Elle assortit le tout de boucles d'oreilles en or, de bracelets, d'une croix autour du cou. Ses bijoux de famille. Elle sort ses trésors d'une trousse rangée dans un coin. Elle est méticuleuse, précise. Elle fait tout cela avec simplicité, avec dignité. Elle a l'air étrange ainsi habillée, son visage aux mâchoires puissantes ainsi maquillé, mais aucune question ne se pose, elle ne se pose aucune question. Elle se fait belle, voilà tout.

Le biberon
Intérieur nuit / Courbevoie
18/12/1991

Georgette est assise sur le canapé, face à la télévision qui projette sur son visage une lumière palpitante et blafarde. Elle tient dans ses bras la petite fille assoupie, elle maintient le biberon presque vide entre les lèvres entrouvertes. La main de Georgette est stable, l'inclinaison du biberon précise. La petite fille dort mais de temps en temps sa bouche se réveille et tète doucement. Georgette tient cette position depuis longtemps. Ses jambes sont croisées, son autre main coincée entre ses cuisses. Son bras libre forme ainsi un dossier courbe et confortable pour la petite fille qui s'y abandonne entièrement.

Les yeux de la petite fille sont fermés, son menton repose pesamment sur sa poitrine soulevée de profondes respirations. Les yeux de Georgette fixent la télévision. Elle regarde sans comprendre une chaîne de télévision française. C'est une fin de journée, ses yeux cernés de noir sont ouverts et immobiles, comme son corps est immobile. Ses paupières sont lourdes. Aucun tremblement de ses traits, aucune oscillation de la tête.

Son corps ancré dans le cuir noir du canapé est un cocon pour la petite fille, il dégage de la chaleur, il est ferme, souple, rassurant. Son corps fait ce qu'il doit faire, ses doigts de temps en temps font tourner le biberon pour que le lait s'écoule. À ce moment-là les yeux se baissent doucement vers l'enfant, la bouche dessine un très léger sourire. Puis le visage remonte se fixer face à la télévision, le sourire disparaît. Quand le sourire disparaît le visage s'effondre. Les yeux fixent la télévision. Elle n'écoute pas, elle ne comprend pas. Elle est ailleurs. Cinq mois qu'elle est arrivée en France avec la famille. Elle a pris l'avion pour la première fois de sa vie, elle a découvert Paris, elle arpente les géométries rigides de Courbevoie. C'est l'hiver.

Les épais sourcils noirs plongent vers l'arête du nez, un pli s'est formé. Les yeux auréolés d'ombre semblent loucher. Son regard est indéchiffrable. La fatigue se lit aisément, la fatigue d'une fin de journée. Une contracture à la main peut-être, la main qui tient le biberon depuis un long moment. Elle ne sourit pas. Elle est épuisée.

La mère zoome sur le visage replet et comblé de la petite fille. Le visage jaune et sombre de Georgette est coupé par le cadre. Dans un coin de l'image, seules les commissures lasses de la bouche demeurent. La mère ne les voit pas, la mère ne voit que les joues rebondies et rosies de la petite fille, son adorable sommeil, elle ne voit pas à quelques centimètres de son front bombé le trait droit des lèvres, les extrémités tombantes, les lèvres pincées de lassitude de Georgette. Ce n'est pas cela qu'elle veut filmer, qu'elle veut enregistrer pour l'éternité.

Georgette regarde la télévision d'un air hagard et se laisse filmer comme le canapé de cuir noir se laisse filmer. Elle sait qu'elle n'est pas au cœur du sujet, elle sait que personne ne verra la bouche lasse, la noirceur du regard, que personne ne s'attardera sur le coin supérieur gauche de l'écran. Elle ne se doute pas que son regard fixe et indéchiffrable est le seul mystère de cette scène ; elle ne peut pas se douter que son regard attire le regard comme un aimant, que ses yeux ouvrent un abîme de questions auxquelles il est impossible de répondre. Elle ne saura jamais que son visage éclipse la banalité du bébé endormi, les répétitives mimiques enfantines que la mère enregistre à l'infini.

Cette femme donne le biberon à un bébé. Qui est-elle ? D'où vient-elle ? D'où lui viennent ces gestes sûrs et mécaniques ? D'où lui vient ce visage cireux et creusé, la braise noire et éteinte de son regard, la fière mâchoire, les sourcils sévères, le nez malencontreux et superbe ? Que regarde-t-elle ?

À quoi pense-t-elle ?

La mère dit, *Enlève-le j'ai l'impression qu'elle ne tète plus… Elle tète ?*

Georgette baisse lentement les yeux, répond : *Non.*

Elle retire très délicatement le biberon d'entre les lèvres assoupies.

La petite fille ne se réveille pas.

Le Film

Peu de temps après ma naissance, mon père a offert une caméra à ma mère. Dès lors, elle nous filme au quotidien, elle filme tout, les premières journées d'école, les réunions familiales, l'heure de la sieste, le bain, les anniversaires, les voyages, l'arrivée du piano, le jardinage, les châtaignes dans la cheminée.

Dans ces films soigneusement numérotés et répertoriés et classés par année, il y a des personnages principaux et des personnages secondaires. Ma mère signe le scénario et la réalisation ; elle filme en début de séquence à travers des pochoirs colorés, elle fait des plans larges de paysage avant de doucement glisser vers le décor intérieur et les visages, elle choisit pour nous les costumes appropriés ; parfois elle attend les moments de spontanéité pure pour capter quelque chose du réel, d'une heure de paix, et elle nous surprend sa caméra à la main. Elle filme quand quelque chose d'important va se passer, elle filme aussi quand rien ne se passe. Nous savons dès notre plus jeune âge que la caméra peut surgir à n'importe quel instant. Nous y sommes préparés, nous choisissons de l'ignorer ou de jouer avec.

Dans ces films c'est un trio d'acteurs qui mène l'intrigue. Mon frère, moi, et Georgette. Georgette comme nous sait qu'elle tient un rôle devant la caméra, elle doit jouer son rôle mais aussi assurer la fonction de première assistante ; parfois elle ajuste le décor, elle nous place dans la lumière, elle lance une improvisation. Ma mère derrière la caméra s'adresse à elle qui est au plateau. Ma mère lui dit : « Joujou, tourne-la vers moi », ou bien « Donne-lui une bouchée de poulet ». C'est alors que la main de Georgette surgit dans le champ, la main qui relève la mèche, la main qui porte la nourriture à la bouche, la main qui essuie la goutte qui pend au nez.

Ma mère écrit cette fiction. Le *Film de la famille* est son grand œuvre, elle en est fière, tout comme je suis fière d'inscrire sur les fiches de renseignements à l'école qu'elle est « mère au foyer ». J'écris langoureusement *mère au foyer*, je savoure la puissance de ces trois mots posés l'un à côté de l'autre dans l'espace dédié du questionnaire, je songe à ce qu'ils contiennent de tout à fait unique, d'exaltant, tandis que les autres inscrivent le nom d'ennuyeuses professions. Ma mère est une artiste. Notre enfance est artistement planifiée. Chaque journée est savamment orchestrée, parfaitement réalisée, et la pellicule du *Film* en est la preuve tangible. De temps en temps elle signe son œuvre : elle saute dans l'image, elle demande à Georgette de tenir la caméra le temps d'une embrassade avec ses enfants, elle se met en place et offre à la caméra son sourire le plus lumineux.

Les costumes sont un élément essentiel de sa mise en scène. Nous apparaissons, ma mère, Georgette, mon frère et moi, comme une brigade. Il y a la brigade rouge, la brigade violette, la brigade bleue. Il y a cette séquence tournée dans un parc en 1991, nous sommes tous les quatre habillés de T-shirts ou de chemises rouges sur un blue-jeans. Mon père, dans cette séquence, porte un polo blanc.

Mon père tient un rôle essentiel mais rare. Il est comme ces personnages dont on mesure l'indispensable portée symbolique dans une histoire, mais qui apparaissent de loin en loin, qui parlent peu, dont l'aura est pleine de mystère. Entre chacune de ses apparitions il y a une ellipse, de nombreuses séquences de la vie quotidienne sont tournées, auxquelles il n'a pas pris part. On l'oublie puis tout à coup on le voit en peignoir, à l'aube, enveloppé dans la fumée de sa cigarette, buvant son café. On l'oublie à nouveau puis on le retrouve subitement en peignoir dans le salon, regardant à la télé le journal de 20 heures, et notre rôle alors est d'aller nous jeter à ses côtés, jouer avec lui, l'intégrer dans notre intimité.

Quand le rôle du père intervient, celui de Georgette s'efface. Le personnage de Georgette n'apparaît alors que dans les arrière-plans, dans les coins de l'image, il est contraint par quelque chose, ses rires sont vite étouffés, ses interactions avec les enfants bientôt interrompues. Le père apparaît peu mais c'est son activité hors-champ qui permet à tout cela d'exister, qui permet à ma mère d'écrire cette histoire de la famille, qui permet à Georgette d'être un personnage de cette histoire. Georgette est en dessous dans la hiérarchie. Nous sommes tous en dessous. Le rôle du père est tenu par le producteur, qui se toque d'apparaître dans le film qu'il finance. Il fait peu l'effort de jouer, il se contente d'être là, de faire ce qu'il a à faire. Il a le charme cinégénique d'un Omar Sharif légèrement enrobé. Un Omar Sharif dont le rôle serait peu romanesque – celui d'un cadre supérieur dans une grande firme internationale, qu'on ne verrait jamais le torse bombé en costume-cravate mais toujours légèrement voûté, en pyjama ou en tenue du dimanche, un peu las, entre deux long-courriers. Il ne se plie pas en quatre pour créer de l'action. L'action pour lui a lieu au-delà des murs de la maison. Sa moustache ténébreuse suffit à créer du mystère.

Pour nous l'aventure est quotidienne, domestique, en plein cœur de la maison, entre les murs chéris, entre les haies fleuries. Ma mère a la liberté d'invention, mais elle subit une terrible pression, il faut que tout cela soit réussi. Il faut absolument que ce film soit une réussite. Ce film c'est toute sa vie. Georgette, mon frère et moi faisons tout notre possible pour que cela réussisse, nous le faisons par amour, nous nous jetons sans réserve dans nos propres rôles.

Le *Film* commence en décembre 1990 et se termine en janvier 2008. Les vingt volets de la saga familiale sont fichés et rangés dans un classeur. Il existe des épisodes pour toutes les années sauf une : 2003, l'année du départ de Georgette. Le dernier épisode filmé est celui de mon dix-huitième anniversaire.

Dans les premiers épisodes, le rôle de Georgette est central, primordial. Elle est sur tous les plans. Elle me fait manger, elle me porte, elle me lave. Je ne me déplace pas sans elle. Elle dirige mon visage vers la lumière, elle m'oriente dans la bonne direction, elle suscite sourires et regards. Je suis sa marionnette, et elle est la doublure de ma mère. Sans elle ma mère ne pourrait pas réaliser le *Film de la famille*, ne pourrait pas tourner les scènes de sa maternité.

Partout on la voit me porter. Je suis dans ses bras à Damas en sortant du bain. Je suis dans ses bras au couvent orthodoxe de Saydnaya, le jour de mon baptême. J'y suis encore, endormie après le biberon, à Courbevoie. Sur le chemin de la piscine de Courbevoie. Je suis suspendue à elle au milieu de la foule mugissante rassemblée autour d'un Père Noël terrifiant. Je suis agrippée à elle au Mont-Saint-Michel, à Saint-Malo. Je suis accrochée à elle dans la luge qui glisse à toute vitesse dans le Jura. À mon troisième anniversaire, ma mère veut nous faire danser, je sors du groupe d'enfants en pleurant pour me réfugier dans les bras de Georgette. À Fontainebleau, elle me maintient sur mon pot dans le coffre de la voiture. À Eurodisney je suis entourée de ses bras dans la tasse géante et tournoyante d'Alice au pays des merveilles. Aux sports d'hiver, je m'endors sur ses genoux après qu'elle m'a fait manger ma première fondue bourguignonne.

L'occurrence innombrable de cette image : moi dans ses bras, ma main dans la sienne.

Au fil des années le rôle de Georgette se fait plus discret. Son rôle est progressivement coupé dans le scénario. Les scènes se succèdent et se ressemblent, les anniversaires, les spectacles de fin d'année, les jeux, les voyages en France à la découverte de telle ou telle région, la mer, les sports d'hiver, Noël, Pâques, Noël, Pâques. Nous courons en accéléré sur nos jambes de moins en moins petites, nous adressons des grimaces à la caméra, nous nous pavanons d'avoir les premiers rôles. Plus nous avons de texte, moins elle en a. Dans les derniers épisodes, il faut attendre longtemps la fin d'une séquence pour enfin apercevoir Georgette.

La voilà qui apporte le goûter dans le jardin un dimanche d'été, filmée de dos ; la voilà qui me retire mes lunettes de vue juste avant la photo pour mon douzième anniversaire ; la voici qui ramasse mes bâtons de ski après une chute. Elle est en parka blanche. Nous sommes tous en doudounes vertes.

Papa Noël
Intérieur nuit / Quelque part en France, Center Parcs
24/12/1991

C'est le premier Noël en France. La famille a loué un chalet dans un domaine de vacances. C'est le soir du réveillon, un feu brûle dans la cheminée.

La porte de la chambre s'ouvre. La mère tient les enfants par la main, elle se précipite dans le séjour. Veste en tweed et col roulé rouge. On entend le père, d'un ton enjoué et légèrement forcé, *Alors, vous avez vu quelque chose ?! Oui on a vu quelqu'un passer puis disparaître, où a-t-il bien pu aller ?* La mère pousse des cris enthousiastes, elle jette de temps en temps un regard hilare à la caméra. Le garçon – quatre ans – est volontaire, joyeux, il s'efforce de parler français en roucoulant de sa voix enfantine. La petite fille – deux ans – ne parle pas, elle a l'air inquiète.

Ils s'approchent des rideaux rouges, le garçon les tire impatiemment : Papa Noël est là, de l'autre côté de la vitre. Sa silhouette écarlate se découpe dans l'obscurité, inquiétante. La lumière rougeoyante du feu de cheminée fait luire son visage figé. La mère exulte, *Alors alors on le fait entrer ou pas ?* Le petit garçon est submergé par l'émotion, il se tord en tous sens et articule un *oui* timide. La petite fille ne dit rien, elle regarde la silhouette rouge avec anxiété.

On ouvre la porte vitrée. Papa Noël entre, courbé, portant sur le dos un lourd sac de jute. Il marche à pas pesants, il ne dit rien, il semble hésitant. La petite fille éclate en sanglots, effrayée. La mère continue sur le même ton exalté, *Comme il est fatigué Papa Noël, il est très fatigué il a fait un long voyage pour venir ici !!! Assieds-toi Papa Noël !* Et le père de reprendre après elle, *Il est fatigué Papa Noël,* d'un ton plus calme, comme pour expliquer aux enfants l'étrange mutisme du Père Noël, sa démarche peu naturelle.

Papa Noël s'assoit sur un fauteuil rouge, docile. Le père et la mère entonnent en chœur *Ahlen Papa Noël, bienvenue Papa Noël !* Le père lui demande en arabe, pragmatique : *Alors Papa Noël, tu as vu la fumée sortir de la cheminée, c'est comme ça que tu nous as trouvés ?* Papa Noël incline la tête en signe d'acquiescement, sa longue barbe blanche et plate se balance d'avant en arrière. Il plonge sans préambule sa grande main tannée dans son sac. La mère s'écrie de sa voix la plus aiguë, *Aaaaaah qu'est-ce que tu as apporté comme cadeaux Papa Noël ?* Il fait signe au garçon et lui tend un gros paquet. Extase collective. Le garçon s'approche pour déposer un adorable baiser sur les joues luisantes et figées de Papa Noël. Il recule, souriant et dubitatif, puis murmure un *merci* gêné.

Et pour Dea ? C'est quoi le cadeau de Dea ?! Papa Noël fait signe à la petite fille d'approcher. Elle gémit et s'agite, terrorisée. Il attend un peu, le geste suspendu, puis laisse tomber sa tête contre sa poitrine, comme en signe d'acceptation et de tristesse. La peau brune derrière son visage placide semble tressauter. Ses épaules se secouent légèrement. Il finit par relever la tête et plonge la main dans son sac.

C'est pas un vrai Papa Noël, déclare le garçon. Silence. La mère est désarçonnée par cette sortie de jeu, *Pourquoi c'est pas un vrai ?*

Parce que, parce que… il a les cheveux pas blancs. Le père, rationnel : *Oui tu as raison, c'est parce que c'est un jeune Papa Noël, c'est un petit Papa Noël, pas un grand !* Le garçon répond gentiment *oui*, peu convaincu. L'oncle demande, pointilleux, *Et comment tu sais que c'est pas un vrai ?* Le garçon : *Parce que… y a masque, y a masque sur lui !* Le sourire de la mère se crispe, sa fiction se délite, sa voix devient stridente, *Y a masque ?! Ah bon ?! Noooooon, c'est un vrai Papa Noël. Allez, on va dire au revoir à Papa Noël.*

Papa Noël semble ne rien saisir de l'échange. Il n'a pas l'air de comprendre la discussion. Il est toujours sagement assis, silencieux, inexpressif et luisant. Le pompon de son bonnet pend piteusement sur le côté. Ses mains sont posées l'une sur l'autre sur ses cuisses, ses épaules tombantes lui donnent un air las et abattu. Les deux orifices noirs de son regard restent perdus dans le vague. Papa Noël ne bouge pas. Il faut simplement qu'il soit Papa Noël. C'est tout ce qu'il a à faire.

La mère soulève la petite fille par les aisselles et l'approche pour un baiser d'adieu. Pendant qu'elle presse la petite fille gémissante contre lui il reste immobile, il sait qu'il ne faut pas l'effrayer davantage, il connaît bien les petites filles, il n'essaie pas de la prendre dans ses bras pour la photo, il n'essaie pas de la forcer à l'aimer. *Papa Noël va voir les autres enfants maintenant*, la mère le prend par les épaules, le conduit lestement vers la sortie, *Bye-bye Papa Noël.*

Quelques minutes plus tard, les cadeaux sont déballés, le calme est revenu. Plan serré sur la petite fille qui manipule un petit accordéon rouge. L'oncle est près d'elle et parle en arabe, *Oui il était là ! Tu étais où, toi ?! Il s'est assis juste là et il a donné des cadeaux à tout le monde !*

La voix de Georgette répond en hors-champ, rieuse : *Quoi ? Mais pourquoi vous ne m'avez pas appelée ?*

Cœur de laitue

Chaque fois que Georgette prépare une laitue, elle en taille le cœur et me l'apporte à croquer dans ma chambre, avant le dîner. Je la remercie et je croque dans ce cœur de laitue blanc et frais tout en faisant mes devoirs. Ce n'est pas très savoureux mais c'est bon à croquer, le cœur libère dans la bouche un jus désaltérant, c'est plaisant de glisser sous les dents cette petite sculpture délicatement taillée au couteau.

Je sais que le cœur de laitue m'est toujours réservé par Georgette, elle n'oublie jamais de m'apporter ce cœur sculpté, elle se glisse dans ma chambre pendant que je suis concentrée et elle me tend pudiquement le cœur au creux de sa paume. Elle donne l'impression à cet instant de s'être éclipsée à l'insu des autres, j'entends par la porte entrebâillée qu'elle a laissé les plats mijoter dans la cuisine, la hotte vrombit au rez-de-chaussée, ses déplacements sont furtifs, elle cache son contentement derrière l'expression empressée de celle qui doit retourner à ses affaires.

Je sais que jamais Georgette ne jettera distraitement le cœur de laitue à la poubelle. Tous les soirs cela me remplit d'une chaleur infinie.

En bout de table II
Intérieur jour / Bassin d'Arcachon
04/11/1994

Déjeuner dans un restaurant de fruits de mer. La famille est en vacances avec une famille d'amis français, les Merville. Deux couples, cinq enfants, et Georgette.

L'atmosphère est gaie. Les enfants, excités par la sortie au restaurant, se tortillent sur leurs chaises. Entre les parents trône un seau rempli de glaçons, pour maintenir le vin blanc au frais. Les fruits de mer vont bientôt arriver, tout le monde attend avec impatience. La salle fait résonner les phrases lancées d'un bout de la table à l'autre.

Georgette est assise en bout de table. La petite fille parle désormais, elle parle avec son petit amoureux, le fils des voisins. Il est assis à sa droite, Georgette est en face d'elle, comme toujours. La petite fille parle et s'agite, elle manipule maladroitement sa fourchette dans son assiette, le haut de son torse dépasse à peine au-dessus de la nappe rose et verte. Elle fait des grimaces en mâchant exagérément sa feuille de laitue ; son petit amoureux est tout entier tourné vers elle, à l'affût de la prochaine farce.

Les enfants sont français maintenant. Le garçon ne roucoule plus, il lance ses phrases d'une voix claire, d'un ton docte. Il ne parle presque plus dans sa langue maternelle. La petite fille a longtemps hésité, puis elle a commencé à parler dans la langue que Georgette ne comprend qu'à peine. Le français, qu'ils parlent avec tout le monde, avec les parents aussi. L'arabe est la langue de leurs besoins, de leurs jeux avec elle.

Georgette regarde la petite fille, elle la surveille calmement. Elle comprend quelques mots des conversations bruyantes et superposées. Elle est assise droite, bien en face de son assiette, ses mains sont au repos sur ses cuisses. À sa gauche est assise la fille aînée des voisins. Celle-ci lui tourne le dos sans y prêter attention, elle a posé un coude sur la table et elle est tournée vers son père, ils se font des confidences.

Georgette n'en veut à personne. Elle porte son pull blanc à manches bouffantes, sur sa poitrine scintillent les motifs – des feuilles d'automne argentées. Elle s'est fait une queue-de-cheval haute et bien tirée. De fines boucles dorées pendent à ses oreilles. Ses épaules tombent un peu, elle regarde les autres convives parler avec animation, son profil se dessine en contre-jour dans le rectangle d'une fenêtre derrière elle. Son nez drôle et fier se découpe dans la lumière blanche, son visage est une tache sombre à l'écran, pris entre la luminosité blanche de la fenêtre et la blancheur épaisse de son pull. Sur cette tache sombre, le trait encore plus sombre des lèvres, fermées, secrètes.

Georgette se tait, elle est patiente et résignée. Elle ne cherche pas à infléchir le cours des choses. Il faut que ce repas se déroule comme si elle n'était pas là. Ou plutôt : *mieux* que si elle n'était pas là, mais sans que cela se voie.

Parfois elle essaie de se donner une contenance, elle relève la tête, change imperceptiblement la position de ses bras. Ses lèvres esquissent alors un infime sourire, un de ces sourires difficiles que l'on s'arrache à soi-même les jours de chagrin. Peut-être sourit-elle parce qu'elle a deviné la caméra braquée sur elle. Elle ne voudrait pas passer pour la trouble-fête, ne voudrait pas paraître ingrate. Elle est quand même contente, voilà ce que dit son triste sourire, posé maladroitement sur son malaise.

Plus tard elle mangera tout en regardant la petite fille manger. Elle ne fera pas de commentaires sur les plats qu'on lui servira. Régulièrement, elle posera sa fourchette et ramassera un morceau de nourriture tombé par terre. Elle se penchera par-dessus la table, elle coupera le filet de poisson dans l'assiette de l'enfant. Elle décortiquera les crevettes dans sa propre assiette et tendra la chair rose et nue du bout de ses doigts souillés, directement dans la bouche. Elle lui servira des verres pas trop remplis. Elle essuiera ses lèvres, essuiera ses mains pour éviter qu'elle tache ses vêtements. Elle relèvera ses cheveux si par mégarde ils glissent vers l'assiette. Et quand la petite fille gémira *Georgette, pipi*, elle l'emmènera discrètement aux toilettes.

Pour l'instant elle ne fait rien, elle se prépare pour tout ce qui approche. C'est un éternel recommencement des mêmes gestes mais cela lui demande une concentration infaillible. Elle ne peut pas parler dans sa langue avec les membres de la famille sans interrompre ce qui est en cours, sans exclure les autres. Elle n'est pas là pour faire ce genre de choses. Dans quelques minutes elle n'aura plus le temps pour ça. Elle parlera s'il y a une urgence, ou un problème. Elle rira si un enfant fait quelque chose de drôle. Cela elle le comprendra, et elle rira de bon cœur. D'habitude c'est avec la petite fille qu'elle parle le plus, avec les enfants qu'elle se sent le mieux, mais à ce moment-là ils sont ailleurs, ils ne pensent pas à elle.

Elle a peut-être faim, mais elle ne le montre pas. La corbeille à pain a été apportée en même temps que la salade, la table est déjà parsemée de miettes, les serviettes sont dépliées, les fourchettes et couteaux déplacés. Seul son couvert est impeccable devant elle, la serviette intacte et immaculée. Elle n'a encore rien touché, rien modifié du décor. Son verre est rempli, posé à gauche de l'assiette. On lui a demandé ce qu'elle voulait, elle a rapidement répondu qu'elle voulait quelque chose sans alcool, n'importe quel sirop à l'eau. Elle en a bu une gorgée et l'a reposé, puis a calmement reposé sa main sur ses genoux.

Vendredi 13 novembre 2020

C'est l'anniversaire de Georgette.

Pour la première fois depuis des années l'idée m'a traversé l'esprit d'essayer de la retrouver sur Facebook. J'ai tapé son nom et j'ai trouvé. *Georjina K.* Avec un *j*. Je l'ai aussitôt reconnue sur la photographie. Stupeur. La facilité du contact avec elle. J'ai vécu des années avec le mythe de sa disparition, mes parents m'ayant dit qu'ils n'avaient pas son nouveau numéro, qu'elle s'était installée en Australie.

Elle est belle sur la photographie, à peine différente. Ses cheveux sont d'un noir profond – sans doute teints. Elle les a lissés, relevés en catogan. Ses sourcils sont épilés et soulignés au crayon. Ses yeux sont maquillés, mascara, khôl, fard à paupières lumineux. Rouge à lèvres couleur terre, un peu de poudre rosée aux joues. Elle est belle. Elle ressemble à une mère de famille italienne, on l'imagine en bout de table face à son innombrable descendance. Elle porte une robe noire sans manches, échancrée, élégante, intemporelle. Son teint est frais. Elle sourit à demi, son regard plissé brille. Ses joues pleines et la peau de son cou sont un peu lâches, elle paraît moins musclée qu'auparavant, un peu plus ronde. Elle a plus de seins. Elle paraît en bonne santé.

La photographie date du 22 avril 2018. En-dessous, une vingtaine de commentaires. Elle a 258 amis. Beaucoup de membres de sa famille, des personnes que je ne connais pas.

J'ai hésité. J'ai décidé de lui envoyer un message vocal, sachant qu'elle ne pourrait pas lire.

J'ai passé de longues minutes face à mon téléphone portable, repassant dans ma tête les phrases en arabe. Tellement étrange, après ces années vécues dans le sentiment d'une perte, d'une séparation, pouvoir simplement appuyer sur un bouton et lui faire parvenir ma voix. Tellement simple, et pourtant : une fébrilité presque insurmontable.

Sur la messagerie Facebook on a droit à une minute d'enregistrement par message. J'en ai envoyé trois. Je lui ai dit que cela faisait très longtemps que nous ne nous étions pas parlé, et que je m'étais rappelé aujourd'hui que c'était son anniversaire, que j'espérais ne pas m'être trompée. Je lui ai dit que je l'espérais heureuse, en bonne santé. Que si elle le voulait bien, je serais très heureuse de reprendre contact, de parler plus souvent, qu'elle me raconte ce qui lui était arrivé, que je lui raconte ce qui m'était arrivé. Je lui ai dit que je ne m'attendais pas à la trouver si facilement.

J'ai encore hésité et je lui ai finalement dit qu'elle m'avait beaucoup manqué pendant toutes ces années. Que je la considérais comme une mère. Que je l'embrassais.

Je ne sais pas si j'ai bien fait. J'ai pensé qu'elle m'en voulait peut-être de ne pas l'avoir contactée avant. Qu'elle en voulait peut-être à mes parents pour une raison que j'ignore.

J'ai pensé que je risquais de briser quelque chose. Cette chose qui m'a fait commencer à écrire ce livre.

Georgina K.

Georgina K. est née près de Hassaké, en Syrie, le 13 novembre 1960. C'est une région très pauvre, la région des premiers chrétiens, les Assyriens, qui parlent un dialecte descendant de l'araméen. Elle a grandi dans une fratrie de treize enfants. Elle a commencé à travailler comme domestique dans des familles à l'âge de treize ans. Elle n'a jamais appris à lire ni à écrire.

Je demande à ma mère de me donner des détails sur l'arrivée de Georgette dans notre famille. Ce n'est que maintenant, pour écrire ce livre, que je pose des questions sur sa rencontre avec mes parents, sur ce qui avait précédé leur rencontre. Georgette n'en parlait jamais, et il m'a longtemps paru impensable qu'elle ait pu travailler pour une autre famille que la nôtre.

Ma mère raconte. Sa cousine à Damas lui avait parlé d'une fille qui travaillait chez le ministre syrien de la Défense et qui voulait partir. Georgette vivait dans cette famille avec sa sœur. Les enfants avaient grandi et quitté la maison, elle s'y ennuyait. Georgette aimait beaucoup les enfants. Quand elle est arrivée chez nous mon frère avait un an, ma mère avait repris son travail. Georgette avait vingt-huit ans.

Ma mère se souvient que durant les premiers mois Georgette partait souvent, elle retournait chez elle, dans sa famille, elle y allait puis elle revenait. Comme si elle se méfiait de quelque chose. Ou comme si elle hésitait. Ma mère dit : « Elle était un peu lunatique. On sait pas pourquoi elle partait. Elle était très perturbée jusqu'au moment où elle s'est attachée sentimentalement à… à nous et… et puis voilà, elle est restée. »

Ma mère m'apprend que les premiers temps, en Syrie, Georgette échangeait tout ce qu'elle gagnait contre de l'or. Elle donnait ensuite cet or à sa mère, qui le lui gardait « pour plus tard ». Sa mère était « comme une banque ». Elle me raconte aussi que Georgette allait parfois avec des hommes lors de ses week-ends libres.

Ma mère précise qu'elle ne lui « commandait » jamais. Que Georgette et elle faisaient tout ensemble, que Georgette faisait les choses de sa propre initiative, toujours de bonne volonté. Elle me dit aussi que Georgette n'est jamais restée si longtemps dans une autre famille. Elle ne s'est vraiment sentie bien que chez nous.

Ma mère ajoute : « Il y a une chose sûre, c'est que du fait que moi j'ai perdu ma mère jeune je la considérais un peu comme ma mère, parce qu'elle était là à s'occuper de mes enfants, à mon accouchement… Elle était là tout le temps pour moi. »

Je l'interroge sur la manière dont ils ont décidé d'emmener Georgette en France.

« En fait on l'a emmenée en France tout simplement parce que… elle faisait partie de la famille. Impossible de la laisser, c'était normal, on n'a même pas pensé. Partir en France en la laissant comme ça… Et moi seule, là-bas… sachant que ton père n'est jamais disponible, seule avec les enfants… c'était pas envisageable, j'ai même pas pensé ! C'était normal de faire le visa comme on a fait vos papiers à vous. On a fait les papiers à elle et elle est venue avec nous. On n'a même pas pensé à la laisser. Par contre on lui avait posé la question. Et elle était ravie. Elle a adoré la France. »

Maman je t'aime
Intérieur jour / Châtenay-Malabry
28/04/1995

Plan serré sur l'escalier menant à l'étage. Le père apparaît en premier, moustache noire et pull à carreaux. Derrière lui se faufile le fils, puis la fille. Ils ont les bras chargés de volumineux bouquets de fleurs. Le garçon en porte deux, la fille un. Ils chantent « Joyeux anniversaire » en descendant les marches de l'escalier. Georgette ferme la marche, elle porte un survêtement bleu. Ses cheveux sont attachés en queue-de-cheval. Son rire aigu et sonore couvre la chanson.

La caméra zoome sur le visage du fils, souriant, lumineux. On le suit de près jusqu'à l'entrée de la cuisine. La mère apparaît, surprise, elle écarquille des yeux ravis. Les enfants entrent fièrement et s'arrêtent devant la mère. Ils tendent leurs bouquets en chœur sur les dernières notes triomphantes. Georgette se glisse derrière eux puis disparaît dans un coin de la cuisine, invisible à la caméra.

La mère est émerveillée, elle prend les bouquets dans ses bras et se retourne vers Georgette, *Mais d'où est-ce qu'elles sortent ces fleurs je n'ai rien vu passer*, Georgette rit de plus belle, la mère insiste gaiement, *C'est toi qui les as apportées ?* Georgette glisse quelques mots discrets dans son rire, *Je les ai apportées pour les enfants*, et son regard descend vers eux qui attendent, le cœur palpitant.

La mère se penche, sa voix tremble un peu, *Merci*, un baiser sur la joue de la fille, *Merci*, un baiser sur la joue du fils qui fronce les sourcils en bombant le torse, digne et ému. Georgette rit en le désignant, *Regarde la tête qu'il fait !*

La mère ouvre ses cadeaux avec des exclamations enthousiastes. Deux plateaux en osier dans lesquels les enfants ont pétri la pâte à modeler et créé des formes. Sur le premier plateau, celui de la fille, c'est plutôt abstrait, quelques formes imprécises et aplaties, sortes de poissons écrasés et épars censés représenter des fleurs. Devant le deuxième plateau, celui du garçon, la mère laisse échapper un long soupir de contentement. Zoom de la caméra. Elle déchiffre à haute voix, *mama / njet / aime, et avec des cœurs, avec des cœurs* ! Lettres blanches modelées grossièrement sur fond bleu, noyées dans les cœurs rouges, les coquillages et les étoiles jaunes. Elle répète avec plus de conviction, *Ma-man je t'aime.* Le plateau est tourné vers le père, qui siffle d'admiration ; vers Georgette qui répond par un gloussement rauque. Baiser au fils, *Je t'aime*, baiser à la fille, *Je t'aime.* Georgette commence à s'affairer à quelque chose, emportant son rire avec elle.

La mère s'approche d'elle. *Merci Georgette.* Celle-ci répond en arabe, selon la formule consacrée, *Que tu vives jusqu'à cent ans !* La mère lui demande où elle a trouvé les fleurs, elle lui répond qu'elle les a trouvées à côté, dans un magasin. *Elles sont très belles, qu'est-ce qu'elles sont belles.* Georgette exulte, *J'ai couru les chercher pendant que tu étais au marché !* Son rire s'épaissit, résonne dans la cuisine, fier, heureux, malicieux.

Je t'aime maman.

Très jolies, on va les mettre dans un vase. Puis, voyant le père s'éloigner et sortir de la cuisine : *Le bracelet c'est le PLUS joli, oooh qu'est-ce qu'il est beau le bracelet.* La mère fait quelques pas vers le père, le suit à l'extérieur, souffle à l'oncle, *Arrête de filmer, toi !* Georgette se détourne, se dirige vers les fourneaux.

Élégie

Elle allume nos bougies à nos anniversaires.

Elle apporte nos gâteaux.

Elle se tient derrière nous pendant que nous soufflons.

Elle se penche furtivement pour déposer un baiser sur nos joues.

Elle vient nous chercher à la sortie des classes.

Elle vient me prendre à midi à la maternelle et nous remontons main dans la main la grande avenue vers la maison. Je m'assois devant la télévision pendant qu'elle termine de préparer mon déjeuner. Nous mangeons ensemble puis nous repartons dans l'autre sens.

Elle est l'ombre derrière nous qui nous indique vers où se diriger quand nous apprenons à skier.

Elle monte avec moi sur la luge.

Elle pousse avec nous le lourd rouleau de neige accumulée pour construire le corps du bonhomme. Elle le pousse à mains nues.

Elle porte mes skis à l'aller, puis au retour.

Elle nous maintient en selle la première fois que nous montons sur le poney, et elle trotte en riant à côté.

Elle nous retient de nous envoler dans les bourrasques sur la dune du Pilat, elle porte nos affaires dans un grand sac, elle vide nos bottes de leur sable à la fin de la promenade.

Elle me trouve un coin pipi où que nous soyons.

À la plage, elle m'aide à déféquer dans le sable. Du bout du pied elle pousse ma crotte dans les vagues.

Nous nous endormons épuisés sur ses genoux au restaurant, pendant que les adultes sirotent un digestif.

Elle fourre dans nos bouches des gâteaux avant d'aller jouer dehors. Dans un même geste, une main pour chacun.

À Noël elle m'aide à assembler les pièces de mon jouet, elle construit patiemment avec moi le salon de Barbie et Ken. Une fois le salon installé, ma mère lui demande de s'écarter pour qu'elle puisse me filmer.

Pendant que nous sommes tous les quatre assis dans les canapés à regarder la télévision, elle est debout, elle ravive le feu dans la cheminée.

Premier concert
Intérieur jour / Châtenay-Malabry
24/10/1995

La petite fille a cinq ans, c'est sa première audition de piano. Tous les élèves et professeurs du conservatoire se sont réunis dans la salle commune de la maison de retraite pour donner un concert, mêlant tous les âges, tous les instruments. Ils sont assis pêle-mêle au milieu des pupitres derrière le piano à queue. Face au piano, des dizaines de résidents attendent sur les chaises mises en rang ; contre le mur du fond, les aides-soignantes sourient. Un joyeux bourdon emplit la salle. C'est la première fois que la petite fille va jouer en public. Ses cheveux sont attachés en demi-queue, et ce jour-là sa mère a choisi pour elle une belle robe vert sombre à col rond, dont les motifs écossais du jupon se balancent au rythme de ses pas saccadés.

Elle est la plus jeune, c'est elle qui ouvre le concert. Elle prend place sur une grande chaise, s'assoit bien au bord, souliers noirs et chaussettes rouge vif suspendus dans le vide. La professeure de piano approche un tabouret, se redresse bien droite, souriante, et attend que la petite fille joue les premières notes pour lancer le morceau à quatre mains. Un dernier regard intimidé vers la caméra, vers la mère tenant la caméra, puis elle se lance. Ses yeux sont baissés sur le clavier, sur ses doigts malhabiles qui tremblent en s'articulant ; elle s'applique, sérieuse, concentrée. Sa professeure est à sa gauche, rassurante, son accompagnement nuancé et rythmé encourage la petite fille à continuer, à ne pas s'arrêter au milieu d'une phrase, à ne pas s'enfuir en courant. L'enfant passe de temps en temps sa langue sur ses lèvres entrouvertes, tendue tout entière vers l'obstacle à franchir. Le rythme chancelle un peu, mais la musique avance. Ça se passe bien.

À la reprise, juste avant la fin du morceau, la petite fille dérape. Durant quelques millièmes de seconde, elle oscille au bord du gouffre. La professeure assouplit imperceptiblement ses accords, penche son visage vers la petite pianiste. Son regard baissé et appliqué se fige au-dessus du vide.

Les touches blanches ne sont plus qu'une vaste étendue désertique, les touches noires sont des troncs nus et décharnés. La petite fille est seule, terriblement seule sous les innombrables regards. La professeure est très loin maintenant. Elle regarde sa petite main moite perdue dans l'immensité. Le silence menace. Impossible de penser, la mélodie a plongé dans des eaux profondes et obscures, impossible de la rattraper. La mélodie n'est plus qu'un écho moqueur. Les doigts vacillent, la petite fille ne peut rien pour eux, elle est paralysée. Le cerveau abdique, assourdi par un son strident qui palpite contre les parois du crâne. Le ventre se soulève. Le cœur va exploser dans la poitrine.

Et là, en plein milieu de ce chaos, alors que tout semblait perdu, les doigts retrouvent leur chemin. Seuls, vaillants, autonomes, ils appuient sur une touche, sur une autre. La mélodie ressurgit à la surface et déjà fait oublier l'horreur des derniers instants. La petite fille respire à nouveau, suit sa main du regard, reconnaissante. Le cœur se calme dans la poitrine. Déjà la note finale se fait entendre, puis les chaleureux applaudissements.

La petite fille relève des yeux chavirés vers la caméra. Elle revient de loin. Ses yeux ne soutiennent pas l'objectif braqué sur elle et se baissent à nouveau. Les sourcils froncés de détresse, elle aventure un regard sur le côté. On l'applaudit. C'est terminé. Elle se gratte le nez, esquisse un minuscule sourire de soulagement. Elle descend de sa chaise, le doigt toujours collé à sa narine. Elle esquisse quelques pas incertains. Les applaudissements continuent, elle ne sait pas où aller. Elle la cherche des yeux.

Elle la trouve. Elle est là. Au premier rang, en face du clavier. Elle était là pendant tout ce temps. Elle porte une belle chemise blanche à manches bouffantes, à large col. Ses cheveux sont relevés, les longues mèches noires sont brossées, reposent sur les épaules. Elle a plié son manteau et son sac à main sur ses cuisses, de sa jupe noire et étroite surgissent ses mollets bruns, ses pieds chaussés de jolis escarpins en cuir verni. Elle enveloppe la petite fille du regard, elle lui sourit, son sourire rayonne.

La petite fille est toujours debout, indécise à côté du grand piano. Elle regarde Georgette, cachant son visage au public. Georgette lui tend la main, paume tournée vers le ciel. Son visage est incliné, incroyablement doux, incroyablement rassurant. La petite fille lève le bras et s'avance alors, elle pose sa main dans celle de Georgette pendant que les applaudissements se terminent. Georgette referme la main, amène doucement la petite fille à elle. Elle la fait pivoter, la soulève et l'assoit sur ses genoux. D'un geste sûr, elle entoure la petite fille de ses bras, croise les mains sur son ventre. La petite fille s'installe confortablement, pose ses mains sur les mains croisées de Georgette. Ensemble, elles dirigent leur attention sur une autre petite pianiste qui s'apprête à jouer un morceau.

Le sourire radieux de Georgette ne la quitte plus, elle regarde devant elle à travers son sourire, à travers les cheveux de la petite fille. Elle est heureuse. La petite fille est dans ses bras, elle a été très courageuse, elle reprend son souffle. À travers la fine ossature du dos Georgette peut sentir les battements sourds de son cœur. Elle sent son cœur se calmer, sa respiration devenir régulière. Elles vont écouter le concert ensemble. Sa petite fille dans ses bras.

Filles

À notre arrivée au Liban en 1997, ma mère s'est pliée aux coutumes bourgeoises : elle est allée acheter un ensemble de blouses de travail et de tabliers pour Georgette. Les employées de maison dans les familles libanaises portent toutes ces blouses à mi-chemin entre la tenue d'infirmière et celle des femmes de chambre du début du vingtième siècle. Ce sont des robes-chemisiers en coton à col blanc et à manches courtes, cintrées à la taille et s'arrêtant au niveau des genoux. Ces blouses portent de fines rayures, bleues, noires, rouges, ou beiges. Elle choisit pour Georgette un ensemble beige – une de ses couleurs favorites. La blouse est doublée d'un tablier blanc noué à la taille.

Georgette a ainsi troqué ses pantalons fuseaux, ses blue-jeans taille haute et ses larges T-shirts colorés contre cette tenue standardisée. Elle fait son entrée dans la grande population des *filles*. C'est ainsi que leurs employeuses les appellent. Quel que soit leur âge, elles disent : *la fille*. « Et toi elle est bien la *fille* ? » Ou alors : « J'ai vraiment besoin d'une *fille*, j'ai trop de travail avec les enfants… »

La fille : *ben't*.

Pas question de dire *bonne* ou *domestique* ou *servante* ou *femme de ménage* ou *nounou*.

Pas question de laisser entendre *esclave*.

Nos rapports avec Georgette n'ont pas changé pendant ces trois années, mais elle joue le rôle de *fille* quand il faut le jouer ; elle enfile sa blouse et son tablier, elle sert les citronnades, elle fait tourner les plateaux, elle disparaît en cuisine. C'est une apparence, mais dans la bourgeoisie chrétienne libanaise l'apparence est vitale. La tenue ne va pas à Georgette. Ce look de soubrette des temps modernes a quelque chose de saugrenu sur elle. On dirait un déguisement. Mais ma mère ne peut supporter d'alimenter les commérages. Il faut tenir son rang.

C'est sûrement pendant ces années que j'ai pris conscience de son statut de bonne parmi nous.

Au Liban, quand on va déjeuner chez quelqu'un, on vient avec sa *fille*. Ainsi, la *fille* peut prêter main-forte à la ou les *filles* de la maisonnée, toutes les *filles* de toutes les familles invitées se retrouvent dans la cuisine, elles se distribuent les tâches, elles s'entraident. De temps en temps la maîtresse de maison entre en coup de vent, vérifie que tout se passe bien, donne quelques indications, distribue quelques réprimandes ou quelques remerciements.

Au moment du repas les *filles* s'attablent ensemble à l'écart, elles font manger les plus jeunes enfants, ceux qui n'ont pas encore droit à la table des enfants. À la fin du repas c'est la maîtresse de maison que les convives félicitent, avachis sur leur chaise, sirotant leur café.

Dans la cuisine les *filles* sont gaies, elles font la plonge avec animation, parfois elles se chamaillent, se disputent les faveurs d'un enfant ; elles sont heureuses d'être en meute, de faire du bruit, de retrouver un naturel. Elles parlent un mélange d'anglais et d'arabe et de leur langue maternelle. Elles sont éthiopiennes, philippines, sri lankaises, indonésiennes, bangladaises, népalaises, ougandaises, kenyanes, togolaises, maliennes, malgaches. Elles sont chanceuses ou malchanceuses, elles sont dans de bonnes ou de mauvaises familles, elles sont intégrées ou tolérées ou maltraitées. Elles sont satisfaites ou résignées ou désespérées. Rarement heureuses. Rien ne les protège, rien ne garantit leur intégrité. Dans les foyers – quels qu'ils soient – elles sont à la merci de leurs employeurs.

Georgette est une intruse parmi ces femmes. Elle appartient à la génération précédente, celle des Libanaises, des Syriennes et des Palestiniennes, elle est déjà une antiquité. On ne l'a pas choisie sur un catalogue dans une agence, on ne lui a pas payé un billet d'avion, on n'a pas confisqué son passeport.

Wahidé est syrienne, elle aussi est une antiquité. *Wahidé* vient du mot *wahed* en arabe, qui veut dire *un*. *Wahidé* veut dire *une*, et par extension *la seule* – *seule* par sa solitude, *la seule* par son unicité. Seule et unique. Sa mère l'aurait nommée ainsi juste avant de mourir des suites de son accouchement, condamnant Wahidé à un destin d'orpheline. Elle n'a que cinq ans quand son père décide de la faire travailler ; son frère, lui, aura le droit d'aller à l'école. Elle est arrivée chez ma tante à l'âge de douze ans. Elle a élevé mes trois cousins à ses côtés, puis quand ma cousine s'est mariée elle l'a suivie, et elle a élevé sa fille à ses côtés. C'est à ce moment-là que je l'ai rencontrée, ma petite cousine avait exactement mon âge, nous étions inséparables. Wahidé était tout le temps avec nous à la maison. Puis quand ma petite cousine a atteint sa majorité, Wahidé est retournée auprès de ma tante, devenue veuve. Aujourd'hui elles vivent toujours ensemble dans la vieille maison. Elles sont mère et fille, elles sont sœurs, elles sont amies, bonne et patronne. Wahidé connaît toutes les recettes de ma tante, elles s'activent ensemble dans l'étroite cuisine. À la fin du repas c'est Wahidé et ma tante que nous félicitons. Wahidé s'assoit avec nous pour boire le café.

Wahidé ne porte pas de blouse ni de tablier. Comme Georgette elle porte des tenues colorées et confortables, des pantalons fuseaux noirs et de larges T-shirts. Des claquettes en plastique bleu, légèrement compensées. Comme Georgette, le dimanche, elle enfile une tenue élégante pour la messe, elle se pare de son or, elle peint ses lèvres en rouge. Georgette et elle font la paire ; Wahidé est aussi petite et menue que Georgette est grande et charpentée. Elles se chamaillent mais elles se ressemblent, le rouge à lèvres fait le même contraste avec leur peau brunie, leurs cheveux noirs et épais sont relevés en un chignon semblable, un peu lâche et décoiffé. Leurs mains sont prodigieusement puissantes. Elles nous câlinent, elles nous taquinent. Nous sommes leurs enfants, mieux que personne elles savent nous amuser, elles devinent nos messes basses, elles nous apportent ce que nous préférons pour le goûter. Elles n'ont pas, cachée dans leur chambre, la photographie froissée de leurs enfants abandonnés loin d'ici ; elles ne sont pas hantées par ces années passées loin d'eux, par le remords de ne pas les voir grandir. Elles sont hantées par le regret de ne pas avoir fondé leur propre famille. Elles sont là, entières, indispensables, irremplaçables. Uniques.

De ces quelques années vécues au Liban, je garde un premier souvenir, net, tranchant.

J'ai huit ou neuf ans, mon frère dix ou onze. Mes parents sont invités chez un collègue libanais de mon père, richissime. C'est une grande villa – je me souviens d'un ascenseur dans la maison. Il y a de nombreux convives, et tous les enfants se sont rassemblés. Nous sommes à l'étage, nous regardons un film, on dirait une petite colonie de vacances. À un moment, le fils de nos hôtes aperçoit un insecte – une mouche, une araignée, un moustique ? – et appelle frénétiquement l'une des *filles* qui travaillent chez eux. Il crie en arabe : *Karima, Karima !!! Donne-moi le pif-paf !* Elle accourt, et ne comprenant pas ce qu'il veut, elle demande en écarquillant les yeux : *Un verre ?*

L'accent avec lequel elle dit le mot *kebbéyé* – elle le prononce *koubbaayiii* – nous fait instantanément hurler de rire. Je m'esclaffe avec les autres, tout en fixant Karima avec gêne. Je la revois seule face à nous, tellement seule dans cette immense villa, tandis que je me réfugie dans le groupe d'enfants, dans l'hilarité collective. Je repense à cette situation aujourd'hui, elle debout face à nous, fébrile, essayant de deviner ce qu'on lui demande, cherchant parmi les quelques mots qu'on lui a inculqués en arabe afin de pourvoir *servir* : verre, assiette, fourchette, couteau, cuillère, thé, café, eau, jus, pain, fruits, etc. S'est-elle sentie humiliée ? En a-t-elle ri de bon cœur ?

Plus tard, entre les années 2005 et 2007.

Nous passons tous nos étés à Bsalim, dans le petit appartement que mes parents ont conservé après notre retour en France. Georgette n'est plus avec nous. Je suis tout le temps fourrée chez deux sœurs que j'ai rencontrées dans la cour de récréation du Lycée français. C'est une fratrie de quatre enfants, un garçon et trois filles. Leur mère m'appelle leur quatrième fille. Le père est ingénieur. Je les aime beaucoup, ils sont turbulents, spontanés, très affectueux. De temps en temps le père entre dans une colère surjouée, il rétablit son autorité en faisant trembler les murs. Nous y sommes habitués, ça se termine en général par de généreuses manifestations de tendresse. Ils ont vécu longtemps en France, je me sens bien avec eux, ils partagent ma double culture. Mes deux amies, comme moi, préfèrent parler français. Nous adorons le Liban, ses cruels contrastes, sa doucereuse brutalité, son histoire meurtrie et son goût de la fête. Chaque été, nous nous lançons toutes les trois dans un ambitieux projet.

Cet été-là, je leur propose de tourner un documentaire, qui s'intitulerait *Bhebbak ya Lebnan*, en hommage à la chanson de Fayrouz, « Je t'aime ô Liban ». Caméra au poing, nous partons à la recherche d'images, de témoignages, nous voulons exprimer cette chose si singulière, le dégoût et l'amour fou de ce territoire. Nous filmons la mer qui défile par la vitre latérale de la voiture, roulant à toute vitesse sur l'autostrade. La mélancolie de Fayrouz à fond dans les enceintes. Notre cœur se serre, nous respirons à plein nez les bourrasques de pollution, la chaude humidité de l'air nous pique les yeux, nous en pleurons de joie. J'attends toute l'année ces séjours au Liban. Elles aussi m'attendent toute l'année, elles attendent d'être gagnées par mon adoration contagieuse.

Comme dans toutes les familles de la classe moyenne aisée, les parents de mes amies ont embauché une *fille*. Il y en a eu plusieurs – elles ne restent jamais très longtemps. Chez eux, pas de confusion des rôles. La blouse et le tablier sont de rigueur. Comme pour tous ceux de ma génération, la présence d'une domestique chez mes amis m'apparaît banale, je ne la remets pas en cause. C'est la norme. Je ne décèle pas tout de suite les signaux de détresse. Pourtant je sens bien que quelque chose est différent. Ce n'est pas comme avec Georgette.

Rana ne regarde pas la télévision dans la cuisine. Elle a toujours quelque chose à faire. Le frigo doit être plein à craquer. Les boîtes sont méticuleusement empilées, impossible de trouver quelques centimètres libres. Quand nous voulons déjeuner, nous avons le choix entre deux ou trois plats chauds, deux ou trois plats froids, diverses crudités, de la charcuterie, du fromage, les fruits sont lavés et épluchés et tranchés, le pain libanais est découpé en quartiers, il y a toujours des sodas au frais, de la glace à profusion, de la confiture maison. Chaque fois que nous ouvrons la porte du frigo et qu'on me demande ce que je veux manger, je suis prise d'un vertige. Tout est si facile, il n'y a qu'à désigner les boîtes, et s'asseoir. Rana attend en retrait. Après quelques hésitations, l'une de mes amies lui demande gentiment, doucement, *Rana tu peux réchauffer ça s'il te plaît*, et Rana sourit faiblement, acquiesce, prépare les assiettes à mettre au micro-ondes. À la fin nous déposons les assiettes sales dans l'évier.

Quand j'entre seule dans la cuisine, je dis bonjour à Rana, je lui demande comment elle va. Elle répond presque à contrecœur, mal à l'aise. Je lui demande : *Où sont les verres je voudrais juste boire un peu d'eau.* Elle devance mes gestes, elle me sert un verre d'eau. J'ai fini par me dire qu'elle préférait peut-être qu'on ne touche pas aux choses soi-même. J'ai fini par faire comme font les enfants. Intégrer le système, demander les choses de cette manière gentille, douce. Je veux m'intégrer à cette famille. Quand le père aboie « Rana » depuis son canapé pour qu'elle lui apporte à boire sur un plateau, je ne dis rien. Quand la mère marmonne en arabe *Elle ne sait rien faire, celle-là, quelle incapable*, je ne dis rien. Rana dort dans la buanderie, son matelas est presque collé contre la machine à laver, la pièce fait à peine quatre mètres carrés. Je ne dis rien.

Un jour, les parents ne sont pas à la maison, les enfants sont occupés dans les chambres et j'entre seule dans la cuisine. Rana est assise à la table, elle ne fait rien pour une fois. Elle me dit timidement : *Come, come.* Je m'assois à côté d'elle et elle me tend une photographie. Deux jeunes enfants au Sri Lanka, qu'elle pointe du doigt en répétant : *Children, children.* Je les regarde, je lui souris, j'essaie de lui faire comprendre que je trouve ses enfants très beaux. J'ai la gorge nouée. Elle est au bord des larmes. Je n'ai jamais échangé plus de quelques mots avec elle, je ne sais pas quoi faire. Nous ne disons pas grand-chose, ça ne dure pas longtemps. Mon impuissance face à ça qui me submerge en quelques secondes : *Ce sont mes enfants, j'ai un corps, j'existe.*

L'immensité de cette vie écrasée entre des boîtes empilées, l'immense paysage de Rana coincé dans son sourire résigné.

Récemment, en 2019, toujours dans la même famille.

C'est un nouvel appartement, un duplex conçu par le père. Parmi les quatre enfants, seule la petite dernière vit encore chez ses parents. Ce n'est plus aussi convivial chez eux. Le père règne en despote, ses colères finissent rarement en éclats de rire. Le centre chaud de leur ancien appartement – le petit séjour face à la télévision, qui servait d'antichambre à toutes les chambres – n'existe plus. Chacun est perdu dans son immensité ; désormais chaque enfant a sa propre chambre, et chacune mesure vingt mètres carrés.

La chambre de la bonne est à peine plus grande que la précédente. Attenante à la cuisine, débouchant sur la buanderie. La *fille* qui a succédé à Rana s'appelle Shala. Elle est éthiopienne. Encore plus docile que la précédente. Plus éteinte. Coincée entre un mari despotique, une femme à bout de nerfs, et la petite dernière. À son arrivée la mère de mes amies s'en est beaucoup plainte, elle a « peiné à lui apprendre quoi que ce soit ». Elle raconte en gloussant que la *fille* a bondi de peur en voyant l'eau couler du robinet.

On me raconte une anecdote. La veille, l'oncle de mes amies était invité parmi d'autres convives. Il veut fumer une cigarette, mais on lui dit que ce n'est pas permis à l'intérieur, que normalement les fumeurs montent à l'étage fumer sur la loggia. L'oncle n'envisage pas de monter – peut-être est-il particulièrement paresseux, ou peut-être qu'il trouve la température extérieure trop fraîche à son goût. Accompagné de sa femme, fumeuse elle aussi, il entre tout naturellement dans la chambre de Shala, ils s'asseyent sur le petit lit, allument leurs cigarettes. Shala est en cuisine à côté pendant que son unique espace d'intimité est transformé en fumoir. Elle ne dit rien. Il n'y a pas eu de coups, ni de cris, ni de violence physique. Simplement ce racisme souriant, ce calme mépris. Ce naturel confondant.

Ailleurs, chez mon cousin, il y a Patty. Mon cousin a été élevé par Wahidé, il a hérité de ce rapport d'entente. Patty vient des Philippines. Elle a intégré le foyer de mon cousin quand ses filles sont nées, et elle est restée. Aujourd'hui l'aînée atteint sa majorité, Patty a les cheveux poivre et sel. Elle ne porte pas la blouse. Elle câline les filles, elle les embrasse. Tout le monde la connaît, discute avec elle, lui demande de ses nouvelles. Elle pose avec nous sur les photos de famille. Elle est amie avec Wahidé. Elle est joyeuse. Mais Patty a laissé ses enfants derrière elle aux Philippines.

Ces dernières années, chez ma cousine, j'ai rencontré Jaykun aussi. Jaykun est indonésienne. Elle est toute petite et ronde. Quand elle se déplace, son corps se balance de droite à gauche, sa queue-de-cheval fend l'air derrière elle. Elle n'a pas la langue dans sa poche. Il faut l'apprivoiser. Jaykun est rigolote, elle peste tout bas quand la tâche est pénible, elle pose des questions inconvenantes, elle fait des selfies avec nous. Parfois on lui demande quelque chose et elle oublie – ou fait-elle semblant d'oublier –, elle a mieux à faire. Quand je demande où sont rangées les tasses dans la cuisine, elle me montre négligemment un placard du doigt, un peu agacée, puis elle retourne à ses affaires. Si je ne trouve pas c'est tant pis pour moi. Son regard est perçant, un peu intimidant, malicieux.

Jaykun est très jalouse aussi. Quand elle retrouve Wahidé le dimanche pour le grand repas familial, elles se crêpent le chignon. Elle sent que tout le monde aime Wahidé, que tout le monde la traite comme un membre de la famille, qu'elle a droit à des honneurs. Elle aussi veut être aimée, acceptée, respectée. Dès qu'il y a quelque chose à faire elle court, portée par son zèle ; Wahidé ne suit plus la cadence, Jaykun a déjà arrosé les plantes, lessivé le sol du patio, mis la table. Elle court péniblement derrière elle et lui hurle dessus, hurle que ce sont ses prérogatives, Jaykun hurle en retour qu'elle est trop vieille, on les entend crier à distance.

Elles ne se font pas discrètes. Wahidé désespère, élever deux générations d'enfants lui a brisé le corps, elle vient me voir et se plaint. Elle répète à tout le monde que Jaykun est folle, qu'elle ne peut plus travailler dans ces conditions, qu'elle maudit le jour où ma cousine l'a embauchée. Ma tante, entre les deux, hoche la tête sans écouter. Deux heures plus tard, on trouve Wahidé et Jaykun dans une pièce de la maison, collées l'une à l'autre, regardant quelque chose sur l'écran d'un téléphone portable, riant ensemble.

Et si Georgette était restée avec nous, comme Wahidé ?

Oui mais. Restée pour faire quoi ? Georgette, comme Wahidé, appartient à un monde en voie de disparition. Je n'ai pas de regrets pour ce monde, pour ses lois. Ce n'était pas viable, c'était socialement inacceptable, ce n'était même pas vraiment nécessaire.

Et pourtant. Qui est là, en ce moment, auprès d'elle ?

Retourne le couteau
Intérieur jour / Rabieh, Liban
23/01/1999

La petite fille vient d'avoir neuf ans. C'est le week-end, la mère en a profité pour organiser un goûter d'anniversaire. Toutes les copines sont là, autour de la table à manger. Le frère aussi est là, presque adolescent – il a fêté ses onze ans quelques mois auparavant. Le père, lui, est absent. Quelques autres mamans veillent en souriant, bras croisés derrière leur progéniture.

Il fait gris à travers les baies vitrées ; on a allumé toutes les lumières, et les mets sur la table baignent dans le jaune électrique des lampes halogènes. Tout est soigneusement disposé : chips, guimauves, succès au chocolat, gelée à la fraise, galette des Rois. Les verres en plastique aux couleurs pastel retournés et alignés à une extrémité, les assiettes à dessert empilées à côté. Une grande bouteille de Coca-Cola, une grande bouteille de Sprite. Au centre, l'immense gâteau en forme de 9, sur lequel luisent déjà neuf longues bougies allumées. Tout est prêt.

La mère a confié la caméra à quelqu'un pour aller lancer le CD. Chaque année c'est la même chanson, la version trilingue de « Joyeux anniversaire » – en français, anglais et arabe. La mélodie démarre, *Joyeux anniversaire, joyeux anniversaire.* La voilà qui accourt dans l'image, tout sourires, vêtue d'un élégant tailleur beige, chemisier blanc, les cheveux lissés au carré. Elle chante d'un air enjoué, encourage tout le monde à se joindre à elle. Elle se rapproche de la fille, passe la main autour de ses épaules, attrape de son autre main le fils qui se tient à distance. Elle les attire à elle, toujours souriante, leur dit de regarder en face, *de regarder Joujou qui prend la photo.* Les enfants s'immobilisent, un peu ennuyés. *Happy birthday to you, happy birthday to you.* Clic. La photo est prise, le souvenir imprimé.

La mère dépose un baiser énergique sur la joue du fils, un autre sur la joue de la fille. Ils se laissent faire, hilares, distraits. Ils ne tiennent pas en place, *sana helwa ya gamil, sana helwa ya gamil,* les enfants s'agitent, c'est bientôt le moment de souffler les bougies. La fille trépigne, parle en tous sens, sa main gauche, aveugle, frôle un plat sur la table. La main de Georgette entre dans le champ, déplace l'assiette de quelques centimètres, puis disparaît.

Zoom sur les bougies. La fille souffle. Applaudissements.

Georgette apparaît. Ses cheveux sont attachés en queue-de-cheval. Elle porte un T-shirt blanc à manches longues, sur lequel elle a noué son tablier rayé beige et blanc. Son costume de fille de maison, de *ben't*. Elle a passé la cordelette de l'appareil photo autour de son poignet. Vive, elle fait le tour de la table. La fille a soufflé ses bougies, tout le monde applaudit, il faut en profiter. C'est le moment de la féliciter.

Georgette s'arrête derrière la fille, pose la main sur son épaule, se penche pour l'embrasser. La fille n'y prête pas attention. Le menton fièrement levé, elle est trop occupée à agiter la main dans la fumée des bougies, sous les regards de tous ses amis. Le baiser est déposé, sans être reçu. Georgette se retourne, aperçoit le fils à ses côtés. Elle s'avance pour l'embrasser aussi. Depuis toujours, quand elle donne un baiser à l'un, elle donne un baiser à l'autre. Elle et la mère sont attentives à cela.

Son visage n'est plus qu'à quelques centimètres. Le fils secoue imperceptiblement la tête, sans cesser d'applaudir.

Il ne veut pas. Georgette s'immobilise, reste une seconde en suspens, puis recule. Elle le regarde sans cesser de lui sourire. Une fraction de seconde, elle est surprise, blessée. En une fraction de seconde, le fils est pardonné. Elle se résigne de bonne grâce à son rejet, lui pardonne d'un regard, conserve pour lui l'affection de son sourire. Elle ne s'attarde pas, se détourne, retourne à sa tâche. Le fils fait une sorte de grimace gênée, bêtement fière. Il est grand maintenant. Il ne veut pas être embrassé devant les autres. Pas par *elle*.

Il est temps de couper le gâteau. C'est à la fille de couper la première part. Georgette continue de tourner autour de la table, choisit le meilleur angle pour l'autre photo qu'il ne faut pas rater. Celle où la fille coupera le gâteau. Au passage la main de Georgette ne peut s'empêcher de replacer les cheveux d'une copine d'école. Le geste est doux, rapide. La copine s'en rend à peine compte.

La fille s'apprête à plonger la lame du couteau dans le grand 9. Georgette arrête brusquement son bras, in extremis. *Retourne le couteau*, lui rappelle-t-elle. Oui bien sûr, comment a-t-elle pu oublier, la fille retourne le couteau, cherche un vœu. Elle le trouve vite, silencieusement. Elle enfonce l'envers de la lame dans le gâteau, s'appuie de tout son poids sur le couteau dont le tranchant lisse peine à pénétrer le glaçage. Tout le monde rit, *Regarde elle tient le couteau à l'envers*. Une tante se penche et lui murmure à l'oreille, *Il est à l'envers ton couteau. Oui*, dit la fille, *c'est comme ça qu'on fait nous, c'est pour faire un vœu.* Fière de cet étrange rituel inventé par la mère et adopté par Georgette, elle s'applique, joint les deux mains sur le manche, appuie de toutes ses forces.

La fille a fait son vœu. Elle a neuf ans. Le fils a onze ans. Dix ans déjà que Georgette est là.

Il est temps de distribuer les parts, de nourrir tous ces estomacs affamés. La mère attrape une première assiette. À ses côtés, Georgette ouvre la bouteille de Sprite, et sert un premier verre. Elles font cela ensemble. Elle et la mère.

Rêve

Nous nous retrouvons. Elle est jeune encore, sans âge, elle est telle que dans mes souvenirs. Au début c'est joyeux, je ne tiens pas en place, mes sentiments se bousculent. Je l'assaille de questions. Elle a l'air contente, mais c'est comme si elle était pressée de mettre fin à nos retrouvailles. Je sens que le temps m'est compté, qu'elle va à nouveau m'échapper. Je lui pose beaucoup de questions. Je parle maladroitement, j'essaie de trouver les bonnes formulations en arabe. Elle s'impatiente, s'énerve presque. Elle doit y aller. Elle a des choses à faire.

Son attitude me fait mal, j'ai très mal dans le rêve. Je ne comprends pas pourquoi les choses se passent ainsi. Je trépigne, je m'ébroue, mes gestes tourbillonnent, mon corps convulse dans l'effort de retenir ce moment, de comprendre ce qui m'arrive. Sensation du rêve dans lequel on ne trouve jamais le repos, où jamais le regard ne parvient à se fixer, où jamais le corps ne se stabilise. En déséquilibre constant. Je ne suis qu'effort, mon cœur serré dans ma poitrine, serré à hurler.

Juste avant de me résigner à la laisser tranquille, une dernière question déborde de mes lèvres. Je lui demande si elle m'aime – ou si elle *m'aimait*, je ne sais plus. Aucun souvenir d'une réponse de sa part. Mais ce sentiment : je découvre que je lui suis indifférente. Je comprends dans le rêve que j'ai projeté cet amour pendant toutes ces années. Tout à coup son détachement m'apparaît, et la cruauté de cette découverte me laisse pantelante d'effroi.

Je me réveille.

Le petit-déjeuner des Merville
Extérieur jour / Rabieh, Liban
29/10/1999

Il est 7 h 31. L'immense terrasse est déjà baignée de soleil – de ce soleil d'automne libanais, limpide et enveloppant. Les plantes grasses frémissent dans la lumière orangée, les citronniers exultent. La caméra glisse de buissons en feuillages, s'attarde sur les fleurs écloses, caresse le bleu du ciel dans un mouvement lent et contemplatif. La mère filme son jardin suspendu.

Le plan se fixe sur le décor du jour : la grande table en bois de teck, dressée à la perfection. Au fond, la mer Méditerranée. Au loin, à gauche, on distingue l'extrémité du port de Beyrouth. C'est le matin.

Georgette apparaît dans le champ. Prise de court, elle s'arrête à côté de la table, replace précipitamment une chaise, puis s'immobilise. Elle se plante face à la caméra, les bras tendus de chaque côté de son torse, jambes écartées. Elle a revêtu son ensemble noir et blanc ce matin-là : robe-chemise à rayures, sur laquelle elle a noué le tablier assorti. Ses cheveux sont attachés en une queue-de-cheval simple à mi-hauteur – comme toujours. Le col blanc de la robe fait ressortir le brun ocre de sa peau.

Elle ne dit rien, mais un sourire amusé flotte sur son visage. Elle ne sait jamais trop quoi raconter quand la mère filme, et en général ce sont les enfants qui improvisent le texte. Elle ne s'attendait pas à être filmée seule – son visage porte encore les traces du réveil à l'aube, ses paupières palpitent dans le soleil. Les lèvres entrouvertes, elle cherche quelque chose à dire.

La mère lui vient en aide, et lance le dialogue. D'abord en arabe : *Alors, Georgette ?* Puis en français : *Tu as préparé le petit-déjeuner ?* La main posée sur le dossier d'une chaise, Georgette tente, timide, avec un mouvement de menton : *Oui*. Une fois le mot sorti de sa bouche, son sourire s'élargit, radieux, se fend dans un grand rire. Elle rit de sa propre réplique, de son audace à répondre en français. La mère l'imite, amusée, *Oui*. Elle rit aussi. Georgette s'appuie un peu plus sur le dossier de la chaise, hilare. La mère continue, *Où sont les Merville ?* Georgette répond, avec plus d'assurance, *Elle dort*.

Les Merville – les anciens voisins et amis français de la famille – sont arrivés la veille à Beyrouth pour séjourner à la maison et découvrir le pays. Ils sont arrivés tard, fatigués par le voyage. C'est leur premier matin ; la mère est résolue à déployer toute son hospitalité. Résolue à apparaître en maîtresse de maison épanouie et prodigue.

Il est 7 h 57. C'est Georgette qui tient la caméra. La mère est languissamment étendue sur la balançoire, ses jambes hâlées croisées sur les coussins tendus de coton blanc, les pieds cambrés. Elle porte sa belle chemise de nuit blanche, ses cheveux sont détachés mais coiffés avec soin vers l'arrière, laissant apparaître son visage déjà légèrement – très légèrement – maquillé. Adossée de trois quarts, elle tient un journal déployé devant elle. Elle jette un regard en bas de la page de droite, puis plus haut sur la page de gauche. Secoue un peu le papier, le fait crisser. De toute évidence elle ne lit pas.

Georgette lui lance une indication, *Tourne un peu la tête vers moi, on ne voit pas bien ton visage, il est dans l'ombre*. La mère tourne la tête de bonne grâce, force un sourire. Elle murmure, avec une pointe d'agacement, *C'est bon, arrête*. Sa mauvaise humeur est palpable. Elle ramène son regard vers le journal. Ah, elle a entendu un bruit, elle replie le journal, se redresse, se penche pour jeter un œil vers l'entrée de la terrasse. Non, toujours pas. Elle se rallonge, un peu brusque, rouvre le journal, reprend sa pose. Une seconde passe. Non, tant pis, elle abandonne, referme le journal avec raideur, se redresse tout à fait, pose les pieds à terre. *Mais où sont les Merville ?!* chantonne-t-elle nerveusement. Elle est debout, jette un regard à sa montre. Le sourire forcé est devenu une grimace de dépit. Regard caméra. Elle est prise en flagrant délit. *Arrête, Georgette.*

Il est 8 h 25. La mère a repris la caméra, et filme le dernier invité entrant sur la terrasse. Mme Merville est déjà assise à la table, à côté du père. Le père est rasé de frais, sa cravate est nouée, il est prêt pour sa journée de travail. *Bonjour ! Bonjour !* La mère a retrouvé sa bonne humeur, et filme de près le petit-déjeuner des Merville, déployé sur la table. Georgette a disparu à l'étage du dessous préparer les boissons chaudes.

Il y a quatre couverts. Les bols colorés sont placés bien au centre des assiettes assorties. Rouge, bleu, vert, jaune. La mère annonce, *Petit-déjeuner à l'orientale !* La multitude de petits plats apparaît. Œufs, olives vertes, olives noires, zaatar, labné de vache, labné de chèvre, tomates coupées, concombres préparés, brins de menthe fraîche, huile d'olive, pain. Au cas où : beurre dans son beurrier et confitures variées. Au centre, une belle plante grasse dans un pot en terre cuite.

La mère demande joyeusement, une nuance infime de reproche dans la voix, *Vous savez depuis quelle heure on a préparé le petit-déjeuner ?*

Son amie s'écrie, *Oh quand même pas 6 heures !*

Rêve II

Nous la retrouvions après toutes ces années. Elle reprenait sa place chez nous, sans avoir vieilli. Mais quelque chose en elle avait changé. Son regard était dur, elle était froide et distante.

Nous passions devant la vitrine d'une supérette, dans laquelle étaient empilés des centaines de paquets de café sous vide. Des paquets colorés de café bon marché qui dans le rêve évoquaient plutôt des paquets de cigarettes. J'essayais de savoir quelle était sa marque de café préférée pour lui en acheter, mais elle ne daignait pas me donner une réponse claire, comme si elle n'accordait aucune importance à mon désir de lui faire plaisir.

Plus tard dans le rêve, mon père lui glisse quelques pièces de monnaie dans la main – un pourboire, ou de la monnaie pour une commission. Elle regarde les petites pièces, puis relève vers lui un regard détaché, impitoyable, lui dit quelque chose comme : « Un disque en plus. » Mon père fouille encore dans ses poches, soumis, anxieux, travaillé par une sorte de culpabilité sourde. Une phrase tourne en boucle à ce moment-là – une phrase de l'*Autoportrait* d'Édouard Levé que je lis en ce moment. « J'ai toujours trouvé humiliant de donner un pourboire. »

Georgette revenait parmi nous mais quelque chose s'était imperceptiblement transformé en elle ; elle résistait. Plus aucune trace de docilité, de servilité, de complaisance. Elle n'était pas agressive mais elle portait un regard lucide sur les choses, elle nous maintenait à distance, définissait elle-même les contours de son rôle. Il n'y avait plus de place pour la confusion. Est-ce la Georgette née de mon livre ? Celle que ce livre a fait naître en moi, celle qui se cachait derrière l'autre – l'autre du souvenir ?

Je ne saurais dire si c'est un rêve de victoire ou un rêve effrayant. Il n'y avait pas de joie, il n'y avait pas d'amour. C'est comme si nous étions tenus en joue, constamment. Elle forçait le respect. La peur aussi.

Ballet septentrional
Extérieur jour / Picardie, Fort-Mahon-Plage
28/12/2000

Plan subjectif à travers le pare-brise de la Jeep. D'austères paysages défilent. La voiture glisse le long de la neige grise. Le ciel est froid et poisseux, il s'accroche aux branches sur le bord de la route. De maigres flocons s'écrasent sur la vitre, coulent aussitôt, gouttelettes rares et chétives.

La voix de Céline Dion monte en crescendo, *Do you belieeeve in looove.* On distingue entre deux vocalises poussives des gémissements adolescents. On devine que les enfants se chamaillent à l'arrière. La voiture s'engage dans un rond-point, seul relief de ce paysage rectiligne et plat. La mère zoome à travers les coulées humides que les essuie-glaces étalent au ralenti ; dans l'étendue jaune sale du ciel on voit apparaître quelques maisons. Pavillons récents, peintures fraîches, géométries identiques dont seules les façades colorées diffèrent – crépi vert, crépi bleu, crépi vert, crépi bleu. Une grande pancarte fléchée propose, au-dessus d'une image de synthèse, *Devenez propriétaire à Belle Dune*. La mère commente, derrière la caméra : *C'est joli, hein ?*

Quelques secondes passent, dans la voiture personne ne répond. On entend le fils, finalement, dans un grand bâillement : *Ouais mais bon… faut dire que… c'est triste ! Et puis c'est moche, en fait, les couleurs comme ça.* Le père amorce un avertissement : *Fais attention…* Cut.

Plan large de la résidence de vacances. On retrouve les maisons bleues et lisses, gigantesques maquettes posées dans le paysage. Un chemin asphalté longe un canal. Des rayons blafards ont fini par percer l'horizon jaune. Le père et les deux adolescents apparaissent, emmitouflés dans leurs doudounes. Le fils accélère le pas et lance un caillou dans l'eau. La fille sautille derrière, insouciante. Le père marche vite, la tête rentrée dans les épaules. La caméra glisse vers la gauche. Georgette apparaît dans sa parka blanche. Elle tient le chien en laisse, ne cesse de ramener brutalement à elle le chien qui tire sur sa laisse.

Le père passe en tête, s'engage sur un petit pont en bois. La mère s'avance près de lui, zoome sur un bâtiment vide au loin, dont les bords sombres se découpent dans le contre-jour. Elle dit en français, *Tu as vu ce restaurant, là-bas ? Au bord de l'eau…* Quelques secondes passent. On entend la voix du père, forcée, sardonique, lui répondre en arabe, *C'est à perdre la raison !* Cut.

Une maison jaune, une maison verte, une maison bleue, au bord d'une eau stagnante, à moitié gelée. Rien ne bouge, seul le sifflement sourd du vent nous laisse imaginer les bourrasques. Le fils apparaît, tenant le chien en laisse à son tour. Il promène le chien tranquillement, d'une main de maître, molle et assurée. La fille court, traverse l'image, fait une grimace souriante à la caméra, *Saluuuut.* Georgette marche derrière. Le capuchon de sa parka blanche est serré autour de son visage, la cordelette serrée en nœud papillon sous son menton. Ses mains sont enfoncées dans ses poches. Elle ne sourit pas. Ses yeux sont cernés de noir. Ses sourcils sont froncés par le froid, les bords de sa bouche tombent. Ses joues tombent. Sa peau tannée jure avec le blanc de sa capuche, son teint tourne au vert, vire au marron. Ça ne dure que quelques secondes, elle sort vite du cadre, elle n'y était que par hasard. La mère fait le point sur un bâtiment en arrière-plan, sorte de salle des fêtes de plain-pied écrasée sous le poids d'un toit noir et lisse. Cut.

L'image est saccadée, c'est la fille qui tient la caméra. Elle joue à la journaliste en reportage. La famille s'est finalement arrêtée sur une grande place piquetée de restes de neige, la place centrale de la résidence de vacances, maigrement peuplée d'arbres et de tables de ping-pong. Sa voix adolescente un peu aigre commente le match en cours, *Et maintenant mon frère est en train de se battre contre mon père, et comme vous le voyez mon père ne sait pas très très bien jouer*, on voit le père démesurément penché, nerveux, goguenard, tenter de servir une balle que son fils ne pourra jamais rattraper, mais sa balle ne cesse de buter contre le filet, ou alors elle sort, renvoyée avec trop de puissance, avec trop de volonté, *La partie n'est pas très bien car comme vous le voyez mon père euh… ne fait pas beaucoup… de bonnes balles,* le fils s'impatiente, lève les bras au ciel, s'agite, court ramasser la balle que son père a ratée, puis recommence à lui servir des balles que son père ne pourra jamais rattraper. La perspective d'un véritable échange semble compromise.

Lassée, la fille tourne son objectif vers la gauche, où apparaît la mère qui tangue sur une trottinette, *Ma mère essaie de faire de la trottinette.* La mère se sachant filmée marque quelques pauses, relève gracieusement le menton, profite d'un virage pour tourner ses sourires amusés vers la caméra, *Je lui ai appris à en faire un petit peu, à monter sur les trottoirs, à descendre*, la mère accélère, emportée sur une ligne droite. Dans son sillage, Georgette apparaît, de profil. Silhouette blanche et immobile, verticale dans le décor, la laisse du chien enroulée ferme autour de sa main, le chien tenu ferme à ses pieds. Seule sa tête suit le mouvement de la mère, presque automatique. La fille zoome sur la mère qui s'est éloignée, Georgette disparaît, *Malheureusement elle essaie sans succès de m'imiter, mais en vain, elle y arrive pas, mes figures sont bien trop… miraculeuses,* la mère revient droit vers la caméra, s'arrête, *Allez, à toi, viens !* Cut.

Petite silhouette au loin, au fond de la place, qui grandit à toute vitesse. C'est la fille qui trottine, la trottinette et elle ne font plus qu'un corps, la fille a enlevé sa doudoune, son survêtement gris se confond avec le gris de l'acier, elle n'a gardé que ses gants de pilote noirs, ses cheveux sont tirés en une queue-de-cheval basse. La voilà qui tourbillonne autour de la caméra, le cadre peine à suivre sa trajectoire, on entrevoit en une seconde le sourire exalté, radieux de la trottineuse, on distingue des phrases un peu idiotes lancées dans le vent, *Voilà comment une vraie championne doit faire : des sauts !* Elle saute, sa trottinette se soulève de quelques millimètres, *Ouiii c'est comme ça,* elle amorce un virage serré, prépare sa figure secrète, et voilà qu'elle lance derrière elle sa jambe, cambre son corps, pied tendu, visage dressé en proue, elle tourbillonne, frôle presque Georgette qui n'a pas bougé, immobile, inexpressive, verticale, le chien tenu en laisse à ses pieds. Georgette ne la regarde pas vraiment, son regard passe indifféremment de la trottinette à la table de ping-pong. Elle est absente et vigilante, tandis que la fille dessine des cercles autour d'elle, d'elle et la mère, elle danse autour d'elle et la mère, ne sachant même plus quel est le centre de ses circonvolutions, l'aimant vers lequel elle revient inexorablement. Le regard complaisant de la mère, le regard vigilant de Georgette.

Le regard vigilant et ennuyé de Georgette. C'est autour de son corps solide et statique que tout ce petit monde s'agite. Le père et le fils. La mère et la fille. Les duos sont en pleine reconfiguration. Le quatuor a changé de tonalité, le quatuor dissone, morcelé. Et si seuls les duos fonctionnent, il faut qu'une personne sorte de l'équation. À moins que Georgette et le chien soient un duo ?…

La famille est en pleine transition, il faut péniblement reconstruire, patiemment arriver à vivre ensemble. Ce qu'on attend d'elle : être un pilier, être la charpente de ce nouvel édifice, de cette nouvelle maison à recouvrir de couleurs vives. Jaune, vert, bleu. Tenir le pinceau, appliquer la peinture. Rester blanche, demeurer indéterminée, interchangeable, disponible. Tenir le chien pendant que l'on joue. Pendant que l'on se force à jouer. *Do you believe in love.*

Les chambres de Georgette

À chaque déménagement, Georgette nous suit. Sa place parmi nous s'est modifiée au fil des années.

Je ne sais pas où Georgette dormait dans l'appartement de ma grand-mère à Damas – où nous vivions à ma naissance. Je ne sais pas non plus où elle dormait à Saydnaya, dans le petit appartement que mes parents avaient acheté à une heure de Damas, dans une région aride que les Damascènes convoitent pour son « air pur ». Je ne sais pas où Georgette dormait dans le logement temporaire que nous avons occupé à notre arrivée en France, à Courbevoie. Dans tous ces lieux j'avais moins de deux ans, les seules images que j'en ai proviennent des scènes filmées par ma mère. Mais ma mère ne filmait pas ça. Georgette n'était jamais filmée seule ou dans son intimité.

Les premiers souvenirs réels que je conserve sont ceux de la chambre que nous partagions à Châtenay-Malabry. Nous y avons dormi ensemble de mes deux à sept ans, puis de mes dix à douze ans. Georgette avait un matelas pliant. La journée, c'était un petit sofa rangé contre le mur de la chambre, et la nuit elle le dépliait et faisait son lit. Tous les matins et tous les soirs, ces mêmes gestes. Les draps enlevés et pliés et rangés soigneusement dans un coin. Puis les draps dépliés et déployés et bordés.

Je n'ai pas le souvenir d'avoir été réveillée par Georgette, j'ignore comment elle pouvait se lever si tôt le matin sans me réveiller. Quand j'ouvrais les yeux, la chambre était nette, l'espace libéré. Malgré tous mes efforts je n'arrive pas aujourd'hui à me souvenir de Georgette prenant sa douche, passant aux toilettes. Je ne sais pas si elle mangeait le matin, si elle prenait un thé ou un café. Je ne savais pas quand elle avait ses règles. Je ne me rappelle pas qu'elle ait été malade.

Georgette vivait en effaçant ses traces. J'ai dormi plusieurs années à ses côtés et son hygiène quotidienne m'est restée entièrement mystérieuse. Sa discrétion était prodigieuse, inquiétante. Elle changeait nos couches, essuyait notre vomi, prenait notre température, répondait à nos appels nocturnes. Elle se cachait pour soulager ses besoins vitaux, pour lécher ses blessures.

Georgette dormait sans un bruit. Elle se mettait sur le côté, en chien de fusil, fermait les yeux et plongeait dans un sommeil profond. Elle ne bougeait pas, ne se retournait jamais d'un flanc à l'autre, ne cherchait jamais la bonne position. Ses yeux se fermaient, sa respiration disparaissait presque, plus rien ne bougeait. Comme si elle faisait semblant de dormir. Comme si elle restait aux aguets. Plus rien ne me rappelait sa présence. Nous nous disions « bonne nuit » – cela fait partie des quelques expressions françaises qu'elle a vite adoptées. Elle le prononçait rapidement comme s'il s'agissait d'un seul mot – *bonuï* – et elle s'endormait. Elle disparaissait dans le silence de la chambre. Elle se faisait oublier.

C'est dans notre grand appartement de Rabieh, au Liban, que Georgette a été le mieux lotie. Sa chambre y était bizarrement agencée, en un triangle allongé un peu biscornu, mais elle avait un espace à elle. La pièce était certainement destinée à être une buanderie accolée à la cuisine, mais c'était une buanderie à la mesure de l'appartement, qui était immense – elle faisait donc une chambre assez coquette. De grandes vitres la rendaient très lumineuse. La chambre avait son vrai petit lit, tout au bout, à l'angle droit du triangle. Il y avait des rangements, c'était bien tenu.

Au Liban, Georgette possédait un lieu à elle mais il trahissait sa fonction au sein de notre famille. On entrait dans sa chambre par la cuisine, et de sa chambre on accédait à une petite buanderie. Ainsi, après avoir partagé ma chambre pendant des années, Georgette avait droit aux honneurs que l'on réserve aux *employées de maison* – quand leurs employeurs ont une certaine conscience de leur statut d'êtres humains.

La chambre de Rabieh était confortable mais elle avait quelque chose de froid. Georgette ne prenait jamais sa position préférée sur le carrelage blanc et froid, assise à même le sol, une jambe repliée et une jambe tendue. J'ai des images de cette pièce vide, bien rangée ; je n'ai pas d'images de Georgette *dans* sa chambre. La plupart du temps elle était juchée sur un tabouret à la cuisine. La nouvelle configuration lui assignait une zone dans l'appartement, elle n'empruntait le couloir menant à nos chambres que pour nous réveiller, nous préparer, faire le ménage. Elle utilisait les toilettes et la salle de bains destinées aux invités, près du séjour. Nous ne respirions plus le même air la nuit. Nous ne salissions plus les mêmes espaces.

La chambre de Georgette à Rabieh s'est transformée le jour où nous avons accueilli notre chien, un cocker anglais que nous avons nommé Bill, en hommage à la bande dessinée. Bill avait quelques mois à peine, et nous l'avions installé d'office à l'entrée de la chambre de Georgette ; mes parents ne voulaient pas qu'il s'attaque aux meubles du séjour. Bill, comme Georgette, s'était vu assigner les alentours de la cuisine. Dès ce jour c'est avec lui qu'elle a partagé sa chambre. Officiellement, mon frère voulait en être le propriétaire, mais la cohabitation entre Bill et Georgette a créé des liens que rien ni personne ne parviendrait à corriger. Mon père dirait souvent, ensuite : « Bill, c'est le chien de Georgette. » Elle s'en est occupée ainsi que de toutes les tâches domestiques ingrates. Mon frère jouait parfaitement son rôle de jeune maître, mais rien n'y faisait ; Bill et Georgette respiraient le même air, partageaient un même territoire. Le premier soir de Bill à la maison : nous l'avons veillé ensemble dans la chambre de Georgette, mon frère lui jouait une berceuse à la guitare, la chambre triangulaire prenait une autre dimension, nous l'habitions nous aussi.

À notre retour du Liban – j'ai onze ans – nous avons retrouvé notre chambre partagée de Châtenay-Malabry. Georgette suivait alors des cours de français pour adultes immigrés. Pendant que je lisais ou que je faisais mes devoirs, elle s'asseyait en tailleur sur la moquette beige, et elle recopiait inlassablement son nom sur un cahier de brouillon à grands carreaux. Elle apprenait à écrire à quarante ans, dans une autre langue que sa langue maternelle. Elle écrivait péniblement au crayon à papier, en lettres capitales, « GEORGINA K. », elle écrivait notre adresse, « 1 ALLÉE GEORGES BRASSENS 92260 CHÂTENAY-MALABRY », elle répétait l'opération autant que nécessaire, puis elle me tendait le cahier en riant. Le contraste était drôle entre la maladresse de cette écriture d'enfant et le rire rauque ; l'innocence du sourire et les molaires en or.

Je la félicitais. À ce moment-là Georgette n'était plus ma superhéroïne. J'étais presque adolescente et quelque chose me gênait dans son ingénuité. J'étais un peu gênée en la félicitant, j'avais le cœur serré en la voyant se remettre à son travail avec une application bouleversante. Ses mains devenues malhabiles s'agrippaient au crayon et au cahier, elle appuyait fort la mine sur le papier, au point que les mots s'imprimaient en relief au verso des pages. Elle gardait un vague sourire aux lèvres tout en étudiant les lettres de notre alphabet. Quelque chose dans ce sourire trahissait son effort. Elle respirait par la bouche entrouverte, elle était presque à bout de souffle, son souffle faisait un bruit sourd de poitrine encombrée, de poitrine fatiguée. Je remarquais ses rides, discrètes.

Georgette hésitait, tremblait, tâtonnait. C'est elle qui m'appelait à son secours. J'étais assise à mon bureau, écrivant d'un geste naturel, intégré, et Georgette était assise au sol, je la sentais derrière moi qui serrait son crayon minutieusement taillé dans sa main puissante ; le muscle puissant de son bras ne lui était plus d'aucune utilité. Ses nouveaux instruments étaient déployés au sol autour d'elle, sa trousse, son crayon, sa gomme ; elle les apprivoisait patiemment, avec indulgence.

À la même époque : des copines de l'école viennent à la maison.

Nous sommes assises toutes les trois sur le lit à bavarder. Georgette est dans la chambre aussi, c'est peut-être l'heure où elle se repose l'après-midi. Elle est à côté de nous, sourde à nos bavardages, et sans se rendre compte de l'incongruité de la situation, elle s'accroupit au sol et ausculte ses jambes. Dès qu'elle voit un poil esseulé, elle l'arrache à la pince. J'ai l'habitude de la voir faire cela, accomplir cet étrange rituel. Ce jour-là elle ne fait que reproduire ce à quoi nous sommes toutes les deux accoutumées, mais à cet instant la situation m'est insupportable. Mes copines regardent Georgette du coin de l'œil et pouffent bêtement, sidérées par les postures simiesques qu'elle adopte.

J'ai honte. Je voudrais que Georgette disparaisse. Tout à coup je ne comprends plus ce qu'elle fait là, sur la moquette de ma chambre, à s'épiler les jambes en toute impunité. Sa position me paraît inconvenante, arriérée, la voir tirailler la peau de ses jambes écartées, pencher la tête, coller presque son nez contre ses mollets, voir ses pieds nus aux orteils écartelés par l'effort de l'étirement, lire sur son visage cette expression butée et placide, tout cela me dégoûte subitement ; tout à coup elle est une autre, une étrangère dans ma chambre, une femme venant de je ne sais quelle contrée lointaine, rien ne me ressemble en elle, sa peau brune, ses cheveux crépus, ses dents gâtées, ses dents en or, nous n'avons plus rien à voir, notre respiration cesse d'être commune, elle est un autre corps, un corps étranger dont je perçois les humeurs, elle est un corps indéchiffrable.

Et pourtant c'est elle. C'est Georgette. Notre lien est indéfectible, viscéral. J'ai honte et j'ai mal d'avoir honte. J'ai honte d'elle et au même moment une haine violente monte en moi à l'égard de mes copines françaises, leur hilarité méchante me remplit d'une colère qui me fait trembler.

La dernière chambre, à Verrières-le-Buisson : une pièce au sous-sol de la maison, bien aménagée mais sombre. Le carrelage glacé gris-beige, triste et rugueux. Le soupirail par lequel entre une faible lumière provenant du jardin. À nouveau c'est une chambre-buanderie ; à côté du lit est rangée la table de repassage, la machine à laver est sur le palier, ainsi que tout le matériel de ménage. Désormais la séparation est verticale, la hiérarchie est géographique, implacable.

Peut-être mes parents sentaient-ils la fin arriver, peut-être fallait-il tirer fort sur le lien, le tendre à l'extrême jusqu'à ce qu'il cède ; peut-être fallait-il enterrer les sentiments, donner une architecture à la réalité, revenir aux termes crus du contrat. Bill a sa niche à l'extérieur, et Georgette dort au sous-sol. Dépassionner les rapports. Reformer un noyau familial conventionnel. Réaffirmer la domesticité et en masquer les traces. On peut accueillir les invités et rendre Georgette invisible. Personne ne dira, en se promenant dans la maison : « Ah, et c'est là que dort Georgette ? » On peut éviter la visite du sous-sol par une simple phrase : « Oh, en bas ? Rien d'intéressant, c'est juste le garage et la buanderie. »

L'escalier qui mène au sous-sol : un escalier de service. La porte de l'escalier donne directement sur l'entrée de la cuisine. Il faudra être attentif pour apercevoir la mystérieuse silhouette glisser de l'une à l'autre, Georgette est devenue entièrement escamotable. Pour monter aux chambres il faut qu'elle gravisse deux escaliers, il faut avoir une bonne raison. Et rien ne nous invite plus à visiter sa chambre, il y fait plus froid qu'à l'étage, il y fait plus sombre. Sa chambre n'est pas habitée ; il y a de l'espace, il y a un lit, elle y dort après avoir terminé son travail.

C'est peut-être là, allongée sur son lit, dans la froide humidité que le convecteur électrique ne parvient pas à dissiper, le regard tourné vers le chétif soupirail, face au plafond bas que nos respirations et nos pas joyeux ne traversent plus – c'est peut-être là qu'elle a pensé, pour la première fois, après nous avoir suivi de Damas à Courbevoie, de Courbevoie à Châtenay-Malabry, de Châtenay-Malabry à Rabieh, de Rabieh à Bsalim puis de nouveau à Châtenay-Malabry, puis enfin à Verrières-le-Buisson – là pour la première fois elle s'est dit peut-être : Il est temps que je parte. Rien ne subsiste plus de la joyeuse confusion des rôles. Rien ne demeure plus de nos complicités à ce moment-là, chacun est enfermé dans une pièce, chacun a son territoire de solitude. L'équilibre est rompu.

Le père est revenu. Fini les passages en coup de vent, fini le beau rôle, la grande traversée des zones duty free de tous les aéroports de la Terre, fini tout ça, il est revenu et il peine à trouver sa place parmi nous. Alors il fait trembler les murs, il fait trembler les corps. Le silence règne, ce silence qui menace toujours avant une tempête. Le moindre bruit dans la maison fait craindre une colère. Nous nous taisons, aux aguets, peureux. Peut-être que là, sur son matelas, avant de s'endormir de son sommeil immobile, Georgette comprend tout cela, elle le comprend mieux que nous précisément parce qu'elle en est la cause apparente – ou plutôt le bouc émissaire.

Quelques mois plus tôt, dans la maison de Châtenay, juste avant le déménagement. Mon père est venu nous chercher à l'école en voiture, mon frère est assis à sa droite, Georgette et moi à l'arrière. Mon frère porte une chemise à manches courtes, un peu légère pour la saison. C'est une chemise large, à la mode, qui retombe sur un pantalon large. Mon père lui demande : « C'est comme ça que tu t'habilles ? » Mon frère ne répond rien, ignore la question, son profil buté tourné vers la vitre. Mon père se contient quelques secondes puis explose, la voiture est arrêtée à un feu rouge, il attrape violemment la chemise, il tire, l'écartèle, la déchire. Mon frère gémit, mort de peur, en larmes. Georgette et moi restons silencieuses à l'arrière.

Une fois arrivés à la maison, sa colère se poursuit dans la cuisine, ma mère demande ce qui s'est passé, Georgette reprend la préparation du dîner, et à un moment de la dispute elle intervient. Elle dit quelque chose, je ne sais plus en quels termes, mais elle parle pour calmer mon père, pour prendre la défense de mon frère. Elle s'anime. Elle franchit la ligne. Mon père la regarde, désarçonné, puis hurle en arabe : « Toi, ça ne te concerne pas, occupe-toi de tes affaires. » Elle n'insiste pas, retourne sans broncher à ses fourneaux, elle reprend son attitude docile et indifférente, cet air serein et détaché qu'elle a toujours en présence de mon père, et il est impossible de déchiffrer son expression, de percer ses pensées. Elle est rodée à cette gymnastique.

Peut-être se dit-elle, des mois plus tard, allongée dans sa chambre du sous-sol, sa « chambre » de Verrières-le-Buisson, juste avant de laisser glisser son corps endolori dans le sommeil : Il faut céder, laisser *la place*, couper les liens. Peut-être sent-elle intuitivement qu'elle détonne dans ce tableau tragique, que ce n'est pas pour elle ; elle est le visage de notre enfance, de la gaieté des premières années, elle est le rire rauque sur les vidéos déjà numérotées et classées dans une armoire. Elle regarde la chambre, les murs blanc sale, le maigre soupirail, elle écoute le silence du sous-sol, croulant sous le silence du rez-de-chaussée, sous le silence de l'étage.

Peut-être que là, dans la chambre du sous-sol, elle s'est demandé pour la première fois : Où est-elle passée, *ma vie* ?

Cette dernière chambre de Georgette existe encore, j'y passe parfois quand je rends visite à mes parents.

Aujourd'hui c'est un débarras ; la table à repasser s'y dresse seule au milieu des meubles démontés. Dans le placard sont encore suspendus les vieux tailleurs démodés que Georgette portait pour la messe du dimanche, avec quelques tabliers à rayures, pliés, oubliés.

Le voilier
Extérieur et intérieur jour / Vendée, Domaine de Bourgenay, résidence Pierre & Vacances
24/10/2001

La lumière d'automne est claire, limpide, réfléchie par le blanc de la table de jardin ronde, le blanc plastique des chaises, la façade de crépi beige. La famille déjeune au soleil, sur le balcon du petit appartement loué pour les vacances. C'est Georgette qui cadre. La mère est filmée de trois quarts, au centre de l'image. À sa droite, le fils. À sa gauche, la fille. Dans le coin inférieur gauche de l'image apparaissent les mains du père, que l'on devine assis face à la mère, tournant le dos à l'horizon. Sur la table sont disposés les fruits de mer : huîtres, bulots, bigorneaux, gambas, pinces de crabe.

Pendant quelques instants on pourrait presque penser que la famille est filmée à son insu, que ce sont les acteurs d'une fiction. Le fils est un adolescent de quatorze ans, ses cheveux sont raidis par le gel, il fronce les sourcils derrière des lunettes au design sportif dont il préférerait se passer, il a pris l'habitude de parler du bout des lèvres, avec nonchalance, de ne plus sourire, de masquer sa sensibilité derrière une ironie indifférente, parfois un peu méchante. Il enlève son sweat-shirt noir, *C'est pas qu'il fait chaud mais quand même*, et la mère rétorque par un sourire exalté, légèrement forcé, *On a de la chance qu'il fait beau, regarde la mer qu'est-ce qu'elle est calme*, tandis que le père, sentencieux, prévient doctement, *Attention à ce que vous dites hein tout est enregistré*. Georgette annonce en arabe : *Je suis en train de filmer*. La mère reprend le contrôle de l'image, *Georgette tu peux tourner autour de la table pour tout filmer ?* Le fils ajoute, *Georgette la prochaine fois que tu parles arabe je te pends… par le balcon*. Cut.

C'est le père qui filme la table à présent. Georgette a repris le service, hors-champ. Le fils lui tend un bol, pointant du doigt vers son contenu, *Tu peux remettre un peu y en a plus beaucoup*. La main de Georgette apparaît dans le champ, prend le bol et disparaît. Le père zoome exagérément vers les assiettes de fruits de mer, plonge dans la viscosité laiteuse, glisse entre les coquilles rugueuses, remonte le long des pinces vengeresses dressées vers le ciel. Il promène fièrement le regard de la caméra sur cette nourriture à la fois morte et vivante, il s'y attarde complaisamment. On entend la mère, *Mmmmmmmhhhh, dis à la caméra « C'est bon les huîtres »*, le père dézoome puis rezoome sur la mère qui incline une huître au-dessus de sa bouche, un œil vérificateur tourné vers l'objectif, la fait glisser entre ses lèvres, et répète la bouche pleine et souriante, *C'est boooon les huîtres*, ce à quoi le fils répond, imperturbable, *C'est affreux les huîtres*. La fille jusqu'alors silencieuse intervient dans une tentative d'apaisement, *Antoine dis bonjour à la caméra*. Le père se concentre sur elle, la filme quelques instants tandis qu'elle croque dans sa tartine beurrée. Elle a onze ans, un duvet sombre a poussé au-dessus de sa lèvre supérieure. Le frère commente, *Prière de ne pas lancer des cacahuètes s'il vous plaît*.

Quelques secondes de silence. La caméra remonte lentement de la table vers la grande porte vitrée ouverte sur l'intérieur de l'appartement. Le père poursuit l'inventaire des biens, teste les fonctionnalités de la caméra récemment acquise. À travers la vitre, dans la pénombre, on aperçoit Georgette assise sur le canapé, feuilletant une revue. Cut.

Plus tard, à l'intérieur de l'appartement. C'est la mère qui filme. Georgette et la fille sont assises sur le canapé. La fille a les yeux fixés sur un téléviseur, jambes croisées, télécommande dans les mains, absorbée. À côté d'elle,

Georgette est accoudée sur un bras, à moitié allongée, penchée vers la fille. Tout près d'elle mais ne la touchant pas. La mère appelle la fille, essaie d'attirer son attention. Georgette se redresse en riant, surprise, gênée, s'écarte vers le fond du canapé pour sortir du cadre. Elle ne profite pas de cette occasion pour graver cette image d'elle et la fille assises ensemble sur le canapé. Elle ne sait pas que c'est l'un des derniers plans où elle apparaît dans le *Film de la famille*. Le dernier plan dans lequel on voit distinctement son visage.

La mère la dépasse, avance vers le balcon où le père lit le journal, le visage baigné de lumière rose orangé. La mère filme en gros plan le visage du père, *Je vais descendre regarder le coucher du soleil*, elle lui parle rapidement, sur un ton neutre où perce un rien d'inquiétude, d'une voix qui se sait protégée par la caméra. La caméra entre eux deux est témoin de leur échange ; la mère avance vers le père caméra au poing. Il jette un coup d'œil sur le côté, remarque qu'il est filmé, revient à sa lecture, tente d'adoucir l'irritation dans sa voix, *Oui et alors ?* Attention à ce que vous dites tout est enregistré. La mère répond, lapidaire, explicite, presque menaçante : *C'est tout.* Cut.

Encore un peu plus tard, l'image tremblante laisse deviner la mère étendue sur le balcon, lisant une revue.

À l'arrière-plan se découpent les mâts des voiliers amarrés dans un petit port de plaisance. Personne ne parle, on ne sait pas qui filme. Le zoom brusque sur le corps allongé laisse peu de doutes cependant. C'est Georgette qui tient la caméra, Georgette qui filme la mère. Elle sait que la mère aime ça, inscrire le présent sur une bobine, figurer dans un tableau, créer ses futurs souvenirs. Georgette prend souvent cette initiative désormais ; retirer le cache, cadrer, appuyer sur le bouton REC, rester stable quelques secondes puis pousser le bouton zoom. Plus besoin d'indications, plus besoin d'interactions. Elles se comprennent. Georgette sait que la mère aime quand ça semble réel, spontané, pris sur le vif. Quand elle n'a pas besoin de regarder l'objectif, de parler, quand elle peut simplement continuer de vivre sans y prêter attention. C'est agréable, elle peut lire tout en sachant qu'existera pour toujours cette image d'elle en train de lire ; la mère dans sa quiétude solitaire, la mère ne faisant pas d'autre effort que celui de lire, laissant ses paupières s'alourdir dans le soleil frais de l'automne. C'est agréable et rassurant. La mère sent que cette image lui sera vitale bientôt. L'image de son bonheur. L'image de son bonheur à défaut d'un bonheur qui fuit déjà.

Georgette sent peut-être en filmant le corps allongé de la mère que les membres sont faussement alanguis, que la nuque est un peu raide. Peut-être est-ce pour cela qu'elle a lestement pris la caméra. Ou peut-être que la mère le lui a demandé, et que Georgette est lasse de cet exercice. Peut-être est-ce pour cela que le cadre se déplace un peu vite, qu'il se détache un peu trop impatiemment du corps étendu et se précipite vers le lointain, vers les mâts alignés dans le port, puis plus loin encore, vers la mer, vers le large, vers la ligne d'horizon trouble et bleutée sur laquelle se découpe un voilier en marche. Un voilier en partance.

Soupilenti

Georgette connaissait mes plats préférés. Petite, je réclamais souvent la soupe aux lentilles. Je disais « soupilenti ». L'appellation est restée, et par la suite, bien plus tard, elle continuait de me proposer une « soupilenti » quand c'était à elle d'élaborer un menu, lorsque ma mère n'était pas là. J'étais au comble du bonheur au-dessus de l'assiette creuse en terre cuite fumante, j'admirais la texture veloutée et épaisse des lentilles écrasées, le mélange couleur ébène formait comme une croûte sur le dessus, l'intérieur demeurait onctueux, et il fallait avant de commencer y verser quelques éclats de pain libanais frit à l'huile d'olive et saupoudrer le tout de cumin moulu.

Ce geste : tapoter la petite cuillère de cumin au-dessus de mon assiette, essayer de retenir ma brusquerie d'enfant. Je portais euphoriquement à mes lèvres la cuillère remplie à ras bord, et dans ma bouche se répandait le mélange douceâtre du cumin mêlé à la lentille noire, c'était chaud et irrésistible, le pain frit craquait comme un feuillage d'automne. À côté j'avais droit à une petite assiette de frites maison, avec un peu de moutarde, et j'alternais scrupuleusement entre une bouchée de soupe et une frite dont je trempais la pointe dans la moutarde.

Après le départ de Georgette il y a eu d'autres plats préférés parmi ceux que ma mère préparait désormais seule. Mais la « soupilenti » est restée indétrônable. Elle a continué de me la préparer, mais ce n'est plus pareil. Les frites sont surgelées, le pain juste grillé. Et c'est souvent trop liquide. J'ai bien essayé de la faire moi-même. Faute de posséder cet instrument à manivelle magique qui permet de séparer la peau de la chair des lentilles, j'ai dû me contenter de lentilles corail. Je suis restée pensive et triste au-dessus du mélange orange et fade. Les morceaux de baguette flottaient tristement là-dedans. Et il manquait les frites. Le cumin seul était là, me rappelait que tout cela venait de quelque part, lui seul restait fidèle au souvenir.

La jeune fille au piano ou La disparition
Séquence intérieur nuit / Verrières-le-Buisson
12/11/2002

La fille aura bientôt treize ans. Pour l'heure elle flotte encore en eaux troubles ; ses jambes ont subitement poussé, hissant son torse un peu trop haut, de sorte qu'elle semble toujours un peu voûtée, dérobant au regard des autres sa balbutiante poitrine. Son visage est resté en enfance, le nez seul s'est recourbé, unique signe de maturité au milieu des joues rondes, en dessous des lunettes démodées, au-dessus des dents mal alignées. C'est juste avant la transformation définitive, avant que l'appareil dentaire fasse son œuvre, que les lentilles de contact révèlent à l'adolescente son visage adulte. Ses cheveux brutalement épaissis par la récente poussée hormonale sont coupés au carré ; depuis qu'elle se coiffe seule elle ne sait qu'en faire. On pourrait dire d'elle : c'est une jeune fille. Elle a bien grandi.

La jeune fille est au piano, dans le grand salon de la maison de Verrières-le-Buisson. Elle attend, gentiment assise sur son tabouret, dans l'attitude docile d'une enfant. Elle est éclairée sur le côté par la lumière éclatante d'une lampe d'antiquaire, posée sur le Pleyel demi-queue en bois de palissandre ciré. Son profil se découpe sur un mur jaune, auquel sont suspendus des tableaux aux cadres dorés, natures mortes dont les détails se fondent dans l'ombre, fleurs figées et inquiétantes dans des vases étrangement plats. Derrière elle on aperçoit une méridienne ; la housse des coussins a été remplacée par un tissu sur lequel sont imprimées des partitions manuscrites de Mozart. Le même tissu orne le tabouret du piano. La jeune fille siège sur les notes d'une musique muette, le nez fiché dans des pétales inodores. La jeune fille est au centre de cette toile savamment composée, elle trône à la limite du clair et de l'obscur, toutes les lignes de fuite convergent vers elle.

Elle semble nerveuse et pourtant elle s'est préparée pour jouer devant la caméra : elle a revêtu un ensemble beige que sa mère lui a acheté en solde dans une boutique de prêt-à-porter en vogue chez les adolescentes. Elle porte un T-shirt à manches longues évasé aux poignets et un pantalon pattes d'éléphant. Posé sur la masse honnie de ses cheveux, un béret, ou plutôt une casquette bouffante en faux velours beige, dont elle baisse régulièrement la visière sur son visage. Son corps qui s'est depuis et très vite transformé contraste avec son attitude un peu hébétée ; c'est comme si elle attendait qu'on lui dise quoi faire.

Tu vas nous jouer quoi ? demande la mère. La jeune fille se tortille sur le tabouret, montrant des signes timides de résistance, *Nan mais s'te plait, là…* La mère insiste, *Non mais dis ce que tu vas jouer !* L'autre rétorque, avec une fermeté dont on ne l'aurait pas crue capable, *DEVINE.* La mère cède. *Bon, d'accord.*

La jeune fille essuie ses mains moites sur son pantalon, vérifie d'un coup d'œil que son pied droit est bien en place sur la pédale. Sa main gauche se soulève et se pose sur les touches, précautionneuse, tandis que sa main droite reste tranquillement posée sur sa cuisse. Sa main gauche égrène alors des arpèges graves en mineur, dans une sorte de lié-piqué qu'elle semble avoir inventé. C'est une introduction, un préambule de sa fantaisie, une entrée en matière. Les notes sont noyées dans la pédale, elles annoncent quelque chose de déchirant ; une déclaration, un discours, une confession. L'arpège grimpe jusque dans les aigus… La dernière note résonne, grêle, tragique. La main droite s'élève à son tour.

Les premiers mots de la lettre jaillissent. Le même mot ressassé tout d'abord, dans un incessant aller-retour, comme si l'auteur de cette lettre hésitait avant de révéler le fond de sa pensée, et répétait sans cesse, *Chère… Chère… Chère…*

Les phrases se déploient enfin, tendres, mélancoliques, fébriles. Tout à sa lettre d'amour, la jeune fille semble avoir oublié qu'elle est filmée. Sa *Lettre à Élise*, inconstante, dérythmée, exagérée, résonne avec un son métallique dans le grand salon de Verrières-le-Buisson, rebondit contre le carrelage blanc et froid, contre les volets électriques fermés derrière les baies vitrées. Rien du monde extérieur ne peut percer. La mère déplace son cadre, tourne d'abord autour du piano, puis s'éloigne, promène son objectif à travers le salon clos. La *Lettre à Élise* se poursuit tandis que les bibelots apparaissent les uns après les autres dans les vitrines, les cendriers ouvragés et vides sur les consoles d'époque, les tapis persans cloués au sol par les pieds de tables marbrées. Entre deux fauteuils tapissés apparaît une plante dont deux fleurs ont éclos, leur blancheur d'os luit d'un éclat terne dans ce décor sépia. Tout est à sa place.

Le cadre continue son lent déplacement, et le voilà qui fait apparaître la télévision à écran plat, les lourds canapés de cuir marron, et l'on devine juste derrière la porte vitrée, là-bas, tout à l'extrémité, dans l'obscurité, l'entrée de la cuisine, puis la porte de l'escalier menant au sous-sol. La cuisine semble déserte, inhabitée. La maison tout entière paraît vide, on ne saurait dire si les autres membres de la famille sont silencieux derrière les portes, ou simplement absents. Et voilà que la mère apparaît, filmant son reflet dans un grand miroir enguirlandé. La voilà, signant son œuvre, la caméra tenue fermement d'une main à hauteur de l'œil, l'autre main dans la poche. La voilà gravant dans la pellicule : *J'étais là*. On perçoit de loin la mélodie entêtante qui se poursuit, presque fausse dans la résonance creuse du grand salon, entre les volets clos, dans la double nuit.

La mère revient doucement vers le piano, termine le plan en serrant son cadre sur le visage de la jeune fille, concentré, appliqué. Le morceau se termine. *Bravooo !* La jeune pianiste se tord dans un sourire flatté.

La mère et la jeune fille sont là. La mère et la jeune fille sont ensemble. La mère et la jeune fille.

Deux mères, deux langues

C'est avec Georgette que j'apprends l'arabe, que je le parle tout au long de mon enfance. C'est elle qui a fait de l'arabe ma langue maternelle.

À notre arrivée en France j'ai un an et demi, je n'ai pas encore commencé à parler. À Damas, ma mère nous parlait en arabe – comme tous les membres de la famille. Mais après notre déménagement elle décide de nous parler tout le temps en français – d'abord pour inciter mon frère à intégrer cette nouvelle langue, puis progressivement pour réaffirmer en toutes circonstances notre appartenance nouvelle à la nation française. Et rejeter loin derrière elle les traces de son arabité.

Avec moi c'est le français qui s'est imposé, qui est devenu la langue de nos rapports. Ma mère a toujours préféré le français à l'arabe, le français est sa langue de cœur, celle qu'elle a étudiée avec passion durant ses études de lettres modernes à l'université de Damas. Son français impeccable la démarquait des filles de sa génération ; c'était la langue de son affranchissement. Très vite son accent est devenu presque indiscernable. Très peu typée, cheveux châtains, peau blanche et yeux verts, elle s'enorgueillit de ce que personne ne soupçonne son origine syrienne.

Mon père, en revanche, parle tout le temps arabe à la maison, il n'essaie pas de gommer son spectaculaire accent syrien. Mon père et ma mère parlent arabe entre eux ; moi, je leur parle en français. J'apprends l'arabe en l'écoutant, je le comprends sans difficulté comme tout enfant de famille immigrée. Mais ce n'est que pour parler à Georgette que les sonorités prennent forme dans ma bouche ; c'est avec elle que je le parle.

J'ai deux langues maternelles, le français et l'arabe. Au début, les deux langues ne se sont jamais concurrencées, elles sont entrées naturellement en moi, sans effort. Georgette m'a transmis son oralité ; comme elle, j'ai longtemps parlé arabe sans savoir ni le lire ni l'écrire. Avec elle j'apprends tous les mots du foyer, tous les termes de mes besoins et de mes désirs d'enfant, j'apprends le nom des légumes, des fruits, des plats, des ustensiles du quotidien. J'apprends à demander quelque chose, à dire oui ou non, à remercier, j'apprends à me taire ou à répondre. Mon corps intègre tout cela jour après jour, en même temps qu'il intègre exactement la même chose en français avec ma mère.

C'est plus tard que l'une a pris le dessus sur l'autre. Après le départ de Georgette je n'ai plus aucune raison de parler arabe à la maison. L'arabe syrien a déserté ma bouche vers mes quatorze ans. Le dimanche, j'apprends péniblement à le lire et l'écrire avec un professeur libanais. Mais ça n'a plus rien à voir avec l'oralité spontanée de mes dialogues avec Georgette. Ces mots nouveaux de l'arabe littéraire ne me servent à rien, ils ne tissent aucun lien avec personne. Je les écris dans un répertoire, je les mémorise puis je les oublie. Les phrases ne fusent plus en même temps que l'humeur et l'intention, il faut réfléchir longtemps avant de s'aventurer, puis il faut tenir bon tout au long de ces incessants virages, de ces syllabes superflues, de ces voyelles éphémères et inexplicables. J'aime dessiner les lettres sur la page, la beauté des lettres et de leurs courbes me séduit. Je m'applique à cela tandis que mon dialecte fuit mes lèvres.

Le dialecte syrien devient alors la langue de l'autorité. Les colères de mon père éclatent en arabe. L'arabe devient la langue de l'autre monde que nous avons quitté, la langue d'une société traditionnelle étouffante, la langue du patriarcat et de la dépendance de ma mère.

Je deviens une jeune femme en parlant obstinément français. Le français est la langue de l'école, des livres, de l'amitié, de mes premiers amours. Quand la famille syrienne appelle au téléphone et veut me parler, je m'enferme dans ma chambre ; si j'y suis obligée j'articule quelques mots en tremblant, le ventre noué. Mon oncle insiste à chaque déjeuner de famille pour que je parle en arabe, et je reste silencieuse et butée. Quand je lâche quelques mots de mauvaise grâce tout le monde rit de la maladresse de mon élocution. Je me sens humiliée, je referme la bouche. Les mots sont là, coincés entre mes dents, j'entends les phrases virevolter et cogner contre les parois de mon crâne, les phrases résonnent parfaitement dans l'habitacle de ma mémoire, puis j'entrouvre les lèvres et la phrase trébuche. On me dit : « Ouvre plus la bouche, tu parles comme une Française, tu n'ouvres pas assez la bouche. » Mais ma bouche a sa volonté propre, elle garde pudiquement dans son ombre tout ce qui palpite dans ma poitrine et dans ma gorge.

C'est au théâtre que j'ai retrouvé l'arabe ; c'est en ouvrant la poitrine et la gorge et la voix que l'amour de cette langue m'est revenu avec ferveur. Sur la scène la langue m'appartenait enfin. J'ai plongé dans la poésie arabe, dans la musique savante, dans ses infinies variations. Puis le dialecte syrien s'est imposé à moi, presque par hasard. Il me fallait incarner celle que j'aurais pu devenir, si mes parents n'avaient pas décidé de quitter leur pays. Il m'a fallu plonger loin, retrouver un naturel enfoui, désintégré. J'ai travaillé l'accent de Damas comme je travaille tous mes textes, le dialecte ne charriait plus l'écho des cris et des casseroles renversées. Jouer en arabe m'a donné un pouvoir sur l'arabe, il est enfin entre mes mains, il ne me fait plus peur.

Mon deuxième apprentissage de l'arabe a été le lieu d'une rencontre ; j'ai commencé à parler avec mon père dans sa langue. Parler dans sa langue m'a permis de lui parler enfin, de voir apparaître son histoire, sa vérité. L'arabe est ma langue paternelle ; l'arabe aussi est la langue de l'amour.

Georgette a fait de l'arabe ma langue maternelle, mais l'arabe n'est pas sa langue maternelle. Sa langue maternelle est un dialecte araméen parlé dans la région de Hassaké, dans le nord-est de la Syrie. En arabe on appelle ce dialecte *achouri*.

Toutes les semaines Georgette appelle longuement sa mère et ses frères et sœurs restés à Hassaké, et on l'entend parler achouri pendant des heures. Cette langue est un mystère pour nous, nous n'en saisissons pas le moindre mot. Georgette parle à toute vitesse, avec animation, elle parle plus librement qu'avec nous. Elle rit parfois, mais elle rit moins pendant ces communications. Je sens que certains sujets reviennent entre sa mère et elle, que des tensions subsistent. Je sens que le lien est fort entre elles, que Georgette éprouve une responsabilité très forte à l'égard de sa famille. Dans ces moments-là elle est lointaine, étrange. Ma mère lui demande ensuite : « Alors comment va ta mère ? » Et Georgette répond poliment : « Grâce à Dieu elle va bien merci. » La mère de Georgette semble être un enjeu, je pressens qu'elle est un personnage important de cette histoire. Georgette m'a montré quelques photographies d'elle, je l'ai vue trôner au milieu de ses nombreux enfants, le regard digne et scrutateur.

J'apprendrai plus tard que la mère de Georgette ne voyait pas d'un bon œil sa présence prolongée au sein de notre famille. J'apprendrai aussi que c'est elle qui a orchestré son « mariage », elle qui a fourni les prétextes et inventé les scénarios les plus rocambolesques.

Après son départ, Georgette appelait une fois par an à la maison : le jour de mon anniversaire. En attrapant le combiné je ne tremblais pas de devoir parler arabe, je tremblais de lui parler. C'était un échange bref, je l'entendais rire nerveusement, nous étions toutes les deux très intimidées. Je retrouvais mes vieux réflexes, c'était laborieux mais c'était là à nouveau, je parlais sans m'écouter. Elle me demandait si j'allais bien, si ça se passait bien à l'école. Je lui répondais que oui, tout allait bien. C'était étrange de sentir qu'elle devait me parler sans vraiment reconnaître ma voix, sans pouvoir imaginer mon apparence qui évoluait à toute vitesse. À l'inverse j'étais frappée de reconnaître aussi nettement le grain de sa voix, de retrouver tout d'un bloc la réalité de son existence, quelque part, au bout du fil. Mais nous n'avions pas grand-chose à nous dire. Ou plutôt, ce que nous avions à nous dire était trop immense pour être formulé, ou même deviné. Nous restions toutes deux assommées par cette évidence que quelque chose avait été brisé, et nous échangions des banalités pour ne pas raccrocher trop vite.

Cette coutume a duré quelques années puis Georgette a cessé d'appeler pour mon anniversaire.

Le 19 janvier 2008 elle a appelé pour la dernière fois ; ce jour-là j'ai eu dix-huit ans.

Trente ans

La photo que j'ai d'elle avec moi, épinglée dans mon carnet : c'est l'été, en Syrie, dans un hôtel de bord de mer, sûrement vers Lattaquié. J'ai entre six et huit mois.

En arrière-plan, une piscine, des transats, un bâtiment en plein soleil. Elle me tient dans ses bras pour la photo. Je porte un bikini rose vif, je regarde de biais, je suis agitée, j'ai l'air d'avoir chaud. Elle me porte dans le creux de son bras gauche, un peu sur le côté, tournant mon corps vers l'appareil. Elle n'est pas au centre de l'image, elle me place au centre. Elle se met un peu en retrait, ses épaules sont en arrière. Elle n'est pas le sujet de la photographie.

Nous sommes au début de cette histoire : un bébé vient de naître, elle s'en occupe, elle fait ses preuves. Ses mains me tiennent fermement au niveau des cuisses, ses fortes mains aux veines saillantes font presque la taille de mon buste potelé. Sa peau brune contraste avec ma peau rose et irritée. Elle porte un large T-shirt blanc dont le motif est caché par mon corps, et un blue-jeans. Sa tête est dans l'axe de son corps mais son visage est tourné vers moi. Son regard est baissé vers moi. Elle sourit. Son sourire creuse de fines fossettes dans ses joues. Son regard est doux ; il adoucit le dessin de ses sourcils noirs, tirés comme deux traits nets et profonds au-dessus de ses yeux. Sur son front, une ride d'expression. Son expression est tendre, d'une tendresse retenue. Ses cheveux sont attachés en une queue-de-cheval un peu lâche. Nous sommes en 1990, l'année de ma naissance. Elle a trente ans.

J'ai revu Georgette une seule fois après son départ. Une ou plusieurs années après, je ne sais plus.

Telle avait été la version officielle : Georgette partait pour se marier avec un homme auquel sa famille la destinait. Son fiancé possédait un restaurant en Suède, près de l'endroit où la sœur de Georgette s'était également installée avec son mari.

Un certain temps a passé après son départ, et comme je demande de ses nouvelles, mes parents m'apprennent que son mariage ne s'est pas bien passé. Georgette s'est enfuie de chez son mari. Elle est retournée auprès de sa mère, dans la région de Hassaké. Peu après, on me dit qu'elle a trouvé du travail au Liban, chez une dame assez âgée. C'est à ce moment-là, je crois, que je demande à la voir. Nous allions passer l'été au Liban, et mes parents ont contacté Georgette afin qu'elle vienne nous voir à la maison, à Bsalim.

Elle est venue.

Les heures et les minutes avant qu'elle ne sonne à la porte, je reste abasourdie par le trac.

Nous parlons un peu. Je sens tout de suite que j'ai perdu mon aisance avec elle. Elle est fébrile, elle paraît heureuse de me voir. Elle ne sait pas trop comment établir un contact physique avec moi. La présence de ma mère à côté nous gêne. Les gestes de tendresse, si naturels autrefois, semblent soudain déplacés. En y songeant aujourd'hui, ça ressemble presque à la confusion que l'on ressent quand on revoit une personne que l'on a aimée passionnément, et que l'on n'aime plus de cette manière. On voit la personne, on la reconnaît, mais on a du mal à croire que c'est avec cette personne que l'on faisait l'amour, pour cette personne que l'on a tant pleuré. Il ne viendrait plus à l'esprit de caresser cette peau, de se blottir dans ces bras.

Et bien plus profondément que cette distance physique, ces questions : comment retrouver la relation mère-fille après qu'elle a été ignorée, niée par les événements ? Comment revenir en arrière ? Comment trouver la base d'un rapport nouveau, en dehors des places qui nous étaient assignées au sein de la famille ? Comment trouver les termes d'une relation de femme à femme, comment exister toutes les deux, sans rien ni personne autour ?

Nous nous étions toujours aimées clandestinement, dans un cadre décidé par d'autres. Dans le tableau, nous étions les deux figures qui font mine de jouer leur rôle mais penchent imperceptiblement la tête l'une vers l'autre. Maintenant que la toile est déchirée notre affection a perdu ses mots, a perdu ses gestes. Nous flottons toutes les deux au-dessus du vide, nous essayons de rassembler les lambeaux de cette vie passée ensemble. Nous voulons que tout soit comme avant. Notre désir de se retrouver est là, immense, il reste coincé en travers de la poitrine, il nous fait suffoquer.

Puis – je ne sais si c'était prévu ou si elle l'a proposé à ma mère – elle s'est mise à faire le ménage.

Je m'installe dans la chambre pour travailler un peu, et Georgette fait la poussière, passe la serpillière. Je la sens qui s'agite dans mon dos, je peux fermer les yeux et croire que rien n'a changé, qu'elle est toujours parmi nous, debout dans la cuisine, penchée vers le sol ; elle est là au bord des photographies, hors-champ puis dans le champ de la caméra, rapide, joyeuse, silencieuse ; son sommeil immobile est là dans mon dos, le bruissement appuyé d'une mine sur le papier. Elle est là, dans les recoins, dans le silence résigné de la maison, son mouvement constant continue de faire vivre notre foyer exsangue, continue sans cesse d'allumer les pièces une par une, de réveiller les lieux inertes, continue sans relâche de tirer des traits entre nous, recroquevillés aux quatre coins.

Tout en faisant mine d'être absorbée, penchée sur mon bureau, je l'entends aller et venir et je me sens bien à nouveau, je suis soulagée, une joie fragile palpite en moi. La tendresse et la reconnaissance irradient de mon dos penché, je voudrais retenir les secondes, retenir les minutes.

Oui, elle est là, elle n'est jamais partie, elle va terminer le ménage et s'asseoir derrière moi, en tailleur sur le sol ; elle jouera aux cartes, la bouche entrouverte, sa respiration allant et venant dans son demi-sourire, sa respiration rauque et légère.

Nous parlerons peu, nous serons simplement là, chacune absorbée dans sa tâche. Je me sentirai infiniment aimée, infiniment protégée. Georgette se sentira indéfiniment entourée, indéfiniment acceptée.

Épilogue bis : Lundi 5 juillet 2021

Dans l'après-midi, j'ouvre machinalement ma messagerie Facebook et trouve la réponse de Georgette, presque huit mois après mon message vocal du 13 novembre 2020. Elle m'a envoyé un message vocal. Je l'écoute.

Je suis troublée, sa voix me paraît proche de celle dont je me souviens, mais elle a vieilli. Une voix de femme âgée. Son accent aussi est différent, quelque chose dans l'énergie de sa parole que je ne reconnais pas. Abasourdie, je me dis qu'elle a peut-être retrouvé son accent d'origine, celui de la région de Hassaké. Que peut-être son arabe s'est teinté de l'accent libanais de la vieille dame de Beyrouth chez qui elle a travaillé les dernières années, avant de prendre sa retraite. Son accent me semble tout à coup presque superficiel, superflu.

Comme s'il encombrait nos retrouvailles de quelque chose de désagréable. Une seconde peau. Mais derrière cet accent je reconnais sa respiration sifflante de fumeuse, l'impression qu'elle est à bout de souffle, la sensation qu'elle parle en souriant. Comme dans mon souvenir.

Un appel manqué. Puis ce message vocal, court. Elle me dit qu'elle vient de découvrir mes voeux d'anniversaire, elle me demande comment je vais, comment « va ma santé », comment vont mon père, ma mère, mon frère, elle dit : « Vous êtes mes amours, vous êtes mes enfants. » Elle dit : « Parle-moi quand tu veux, *enti hayati*, tu es *ma vie*, toi. » Le message est suivi de quelques photographies d'un album de mariage prises à la hâte avec un téléphone. Je la vois en robe de mariée – une mariée de cinquante ans – enlacer un homme qui la tient par la taille. Leurs fronts se touchent. Son mari paraît plus petit qu'elle, plus menu. Le bras puissant de Georgette, parfaitement épilé, disparaît dans un bouquet de fleurs blanches artificielles. Sur leurs visages rapprochés, des demi-sourires.

Ensuite, deux appels vocaux manqués.

Je suis prise de court. J'ai peur que notre histoire soit banale tout à coup. Qu'on puisse la résumer ainsi : elle a retrouvé sa nounou après seize années de silence, elle vit en Australie, elle va bien, sa nounou n'y pensait plus mais cela lui a fait plaisir d'échanger quelques nouvelles avec la jeune femme, sa nounou est mariée maintenant, la jeune femme est heureuse de l'apprendre, elles s'enverront quelques photos de temps en temps, n'est-ce pas ?

Oui, c'est un niveau de récit possible, cette saveur douce-amère est l'un des ingrédients de notre histoire. Cette simplicité-là, cette version apaisée de notre éloignement dans laquelle je vivais étrangement jusqu'à que je commence à écrire.

Je laisse de côté mon téléphone. Je décide d'attendre.

Le lendemain. Ce matin. Mon téléphone vibre, c'est elle encore qui essaie de m'appeler. Je regarde son nom s'afficher sur l'écran de mon téléphone, pétrifiée. Les secondes s'écoulent, interminables. Je résiste.

Quelque chose d'amer me revient en bouche, le goût de ma vieille lâcheté. Ma vieille lâcheté sous couvert d'une soi-disant préservation du travail d'écriture que j'ai commencé. Ma bonne vieille lâcheté d'enfant bourgeoise. Chacun à sa place. Personne ne bouge. Et adossée à ma lâcheté, ma sidérante peur du réel.

Je me dis que je ne peux plus, non, pas après ce que j'ai écrit. Que j'ai écrit pour elle. Pour honorer sa vie, toutes les vies qui lui ressemblent. Je pense qu'elle est à l'autre bout du monde, qu'elle tient son téléphone dans sa main, contre son oreille, qu'elle cherche à me parler, que cela lui donnera probablement de la joie. Alors oui, nous allons échanger des banalités, mais oui quand même.

Je réponds. Notre conversation dure seize minutes. Seize minutes après seize années.

Nous échangeons des banalités. Je lui donne des nouvelles de tout le monde. Elle nomme tous les membres de ma famille, mes tantes, mes oncles, mes cousins. Elle se rappelle tous les prénoms. Les membres de notre famille qui était sa famille. Elle me raconte que la dernière dame chez qui elle travaillait à Beyrouth était très bonne pour elle, qu'elle l'appelait « ma fille, *benti* ». Elle me répète que nous sommes ses amours, mon frère et moi, qu'elle est si heureuse d'avoir de nos nouvelles. Elle dit qu'elle nous a élevés. Elle dit que nous sommes ses enfants. Que nous lui avons manqué. Elle dit qu'elle ne veut pas me déranger plus longtemps, que j'ai sûrement du travail, des choses à faire. Je lui dis que non, que je m'apprêtais simplement à faire un peu de ménage chez moi, que mon appartement avait besoin d'être nettoyé. Elle rétorque, amusée : « Allez, je viens t'aider ! » Je lui réponds dans mon arabe fébrile : « Ah non, pour toi maintenant c'est le repos. » Je l'entends rire. Elle dit que oui, maintenant qu'elle est mariée, en Australie, elle ne veut plus se fatiguer. Qu'elle ne s'embêtera pas à apprendre l'anglais, que cela lui suffit de le comprendre. Elle me dit qu'elle est bien entourée. Que ses frères et sœurs sont tous partis de Syrie à cause de la guerre, que beaucoup sont auprès d'elle. Elle me dit que c'est sa sœur qui s'est exclamée hier : « Regarde qui t'a envoyé un message ! » Elle m'avoue en riant qu'en écoutant mon message, elle s'est mise à pleurer.

RÉALISATION : NORD COMPO À VILLENEUVE-D'ASCQ
IMPRESSION : CPI FRANCE
DÉPÔT LÉGAL : AOÛT 2023. N° 152980 (174272)
IMPRIMÉ EN FRANCE